KB170028

이대호,

도전은
끝나지
않았다

이대호 지음

이대호,
도전은 끝나지 않았다

현대
지성

부산 수영초등학교 3학년,
야구선수로서의
인생 시작

입단 후 첫 20홈런
고지 밟은 이대호, 서서히
꽃을 피우기 시작하다

베이징 올림픽 금메달과
데뷔 첫
가을야구 경험

1991년   **2001년**   **2004년**   **2006년**   **2008년**

롯데 자이언츠 입단,
투수 이대호에서 타자 이대호로
프로에 발을 내딛다

타율, 홈런, 타점 1위로
타격 3관왕 차지하며
첫 골든글러브 수상

일본 진출 4년 차에 맞이한
2년 연속 팀 우승과
일본시리즈 MVP 수상

친정팀 롯데로 컴백,
녹슬지 않은 기량을 뽐내며
팀을 가을야구로 이끌다

2010년   2015년   2016년   2017년   2022년

타격 7관왕
그리고 전무후무한
9경기 연속 홈런

메이저리그에 도전
시애틀의
코리안 빅보이 이대호

거인의 자존심 이대호,
후회 없이 마지막 시즌을
치르고 떠나다

노트북을 열면서

나는 세상을 향해서 말을 많이 하는 선수는 아니었다. 구단이나 매체, 기자의 요청이 있으면 팬들에 대한 예의를 지키기 위해 인터뷰에 응하거나 예능 프로그램에 출연하기도 했지만 내가 먼저 나서서 내 생각이나 행동을 굳이 설명하려고 애쓴 적은 거의 없었다. 말을 잘하는 사람이 아니기도 했지만, 기본적으로 선수는 경기장 안에서, 경기로 자신을 표현해야 한다고 생각했기 때문이다.

　하지만 나는 2022년 시즌을 끝으로 유니폼을 벗었고, 야구 선수 이대호가 아닌 인간 이대호로 세상에 나왔다. 이제 경기가 아니라, 다른 방법으로 나를 보여주어야 할 때가 된 셈이다. 그런 의미에서

이 책은 세상을 향해 던지는 인간 이대호의 첫 인사말이자 자기소개서이다.

나는 한국과 일본, 미국 프로 무대에서만 20년 넘게 야구 선수로 활동했고, 나쁘지 않은 평가를 받았다. 제법 화려한 기록도 만들었다. 프로야구에서 기록이란 하나하나가 모두 숱한 이야기를 품고 있기 때문에, 나 역시 적지 않은 이야깃거리를 만들어왔다.

하지만 한 사람으로 보면, 나는 그저 20년 넘도록 지름이 100미터쯤 되는 조그만 그라운드 안에서만 맴돌다가 마흔이 넘어서야 세상으로 나온 미숙아이다. 야구가 인생의 축소판이라고는 하지만, 그 축소판에서만 놀다 나온 나에게 인생과 세상은 새삼 낯설고 막막하다.

늦깎이 인간 이대호가 의지할 것은 야구장에서 익힌 노력과 성공의 방법들뿐이다. 제2의 인생을 시작할 출발점도 역시 야구 선수 이대호의 성공과 실패에서 찾을 수 있다고 믿는다. 그래서 기왕 입을 열어 인사말을 전하는 김에, 내가 야구 선수로서 어떻게 인생을 시작하고 마무리했는지 한번 정리해보고 싶었다.

이 책을 쓰기 위해 나의 선수 인생을 돌아보는 동안, 혼자 힘으로 일어서고 달린 것이 아니라는 사실을 되새길 수 있었다. 수많은 사람의 가르침과 격려, 응원과 기도 속에서 이만큼이나마 성장할 수 있었고, 앞으로도 다른 이들에게 배우고 의지하고 감사하고 보답하면서 살아갈 수밖에 없다는 것을 깨달았다.

그래서 이 책은 그동안 야구 선수 이대호를 지켜보고 응원하고 격려해준 팬들에게 전하는 감사편지이기도 하다. 부족하고 짧은 글이지만, 모든 분께 그 감사의 뜻이 전달되었으면 좋겠다.

2023년 4월, 이대호

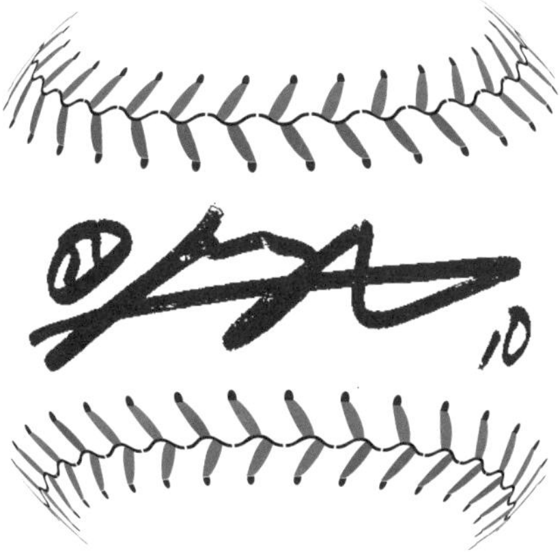
10

차례

1장 야구를 시작하다

2장 진정한 거인이 되는 길

3장 나는 '조선의 4번 타자'다

4장 폭투가 날아와도 역전 끝내기 홈런

5장 가장 좋은 날은 아직 오지 않았다

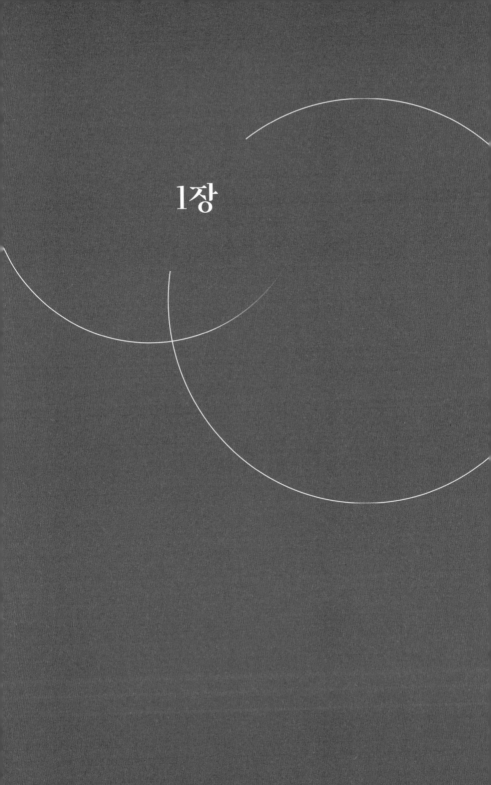

1장

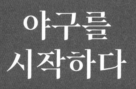

야구를
시작하다

도대체 야구가 뭐길래

야구에서 타격은 흔히 '3할의 예술'이라고 불린다. 타자는 열 번의 기회에서 세 번만 안타를 쳐도 우수한 선수로 인정받는다. 하지만 팀이라면 이야기가 조금 다르다. 열 번 싸우면 여섯 번쯤은 이겨야 '가을야구'를 할 수 있고 일곱 번 가까이는 이겨야 우승을 바라볼 수 있다. 최소한 지는 경기보다는 이기는 경기가 많아야 팬들 앞에서 선수들이 얼굴이라도 들 수 있다.

　롯데 자이언츠는 그나마 괜찮았던 해도 있었고 아주 엉망이었던 해도 있었지만, 내가 몸담았던 최근 20년 정도를 통틀어 말하자면 야구를 잘하는 팀이었다고 내세우기는 어렵다. 롯데 자이언츠가

2001년부터 2021년까지 치른 경기를 모두 합치면 2,800경기쯤 되는데, 그중 이긴 경기는 1,300번이 채 안 되고 진 경기는 1,500번에 가깝다. 승률로 따지면 4할 6푼 정도인데, 그 정도면 10개 구단이 경쟁하는 한국 프로야구 리그에서 7위 정도에 해당하는 성적이다.

롯데 자이언츠 유니폼을 입는 선수들이 고개를 들기 더욱 어려운 이유가 있다. 연고지 부산 팬들의 야구에 대한 사랑과 열기는 국내를 넘어 세계적으로도 유명한 수준이기 때문이다. 야구팬 사이에서 "롯데 선수라면 부산에서 밥값이나 택시비를 낼 일은 없다"라는 말이 상식처럼 통하는데, 어느 정도는 사실이다. 부산 시내 고등학교 선생님들은 롯데가 가을야구에 진출하더라도 엉망진창이 될 학생들의 입시 성적 때문에 기쁨보다 걱정이 앞선다고 말할 정도다. 여름이 지나고 본격적으로 치열한 순위 싸움이 벌어지면 입시생이라고 해도 한창 막바지 정리에 열을 올려야 할 9월과 10월까지 틈틈이 스마트폰 야구 중계창을 곁눈질할 수밖에 없기 때문이다.

실제로 평일 저녁 경기 때면 사직야구장 관중석에서 '야자 째고(빠지고) 왔다'는 플래카드를 든 교복 차림의 학생들이 종종 눈에 띈다. 그럴 때는 선수들도 살짝 긴장한다. 수험 생활의 스트레스를 야구로 푸는 건 좋지만 공부할 시간까지 쪼개서 경기장에 온다는 건 선수로서도 마냥 반기기는 어렵다.

또 사직야구장에서 주중 경기와 주말 경기가 이어질 때면 일주일 내내 몸집만 한 아이스박스를 들고 관중석으로 출근하는 '아재들'을 볼 수 있다. 집에서 '아지매'들이 어지간히 속을 썩이고 계실 것 같아 걱정도 되지만, "딴 데 가서 술을 마시는 게 더 걱정스럽다"라는 아지매들의 말씀을 들으면 그것도 일리가 있는 것 같아 웃고 넘어간다. 한번은 함께 오신 아지매가 "그나마 롯데가 이겨야 집구석이 편하다"라고 말씀하시는 걸 듣고 조금 안심한 적도 있었다. 그래서 '그래, 내가 오시지 말란다고 안 오실 것도 아니고, 야구라도 이겨서 집구석이나 편하게 해드리자'라고 생각하고 말았다.

그렇게 열정적인 팬들이 3만 명 가까이 모여 온몸의 에너지를 모두 발산하는 사직야구장은 아직 경험해보지 못한 사람이라면 도저히 상상하기 어려운 독특한 열기가 넘치는 곳이다. 그래서 경기가 끝난 뒤 사직야구장을 나설 때면 선수든 관객이든 현기증 비슷한 것을 느끼게 된다. 야구장 안과 밖은 온도도, 소리도, 공기의 밀도도 다르다. 그래서 가끔 사직야구장은 세상과 시간이 다르게 흘러가는 곳이라는 생각이 든다. 경제가 어렵고 사회가 혼란스럽고 전염병이 유행할 때도 사직야구장은 늘 뜨겁다.

한편, 경기장에 들어서면서 잊었던 학교, 직장, 가정의 온갖 걱정거리가 경기장을 나서는 순간 한꺼번에 밀려든다는 이야기를 하는 분들도 있다. 선수들은 우리가 던지고 때리는 공 하나에 수많은 사람이 잠시나마 걱정을 잊고 스트레스를 털어낸다는 사실에 뿌듯함을 느

경제가 어렵고 사회가 혼란스럽고 전염병이 유행할 때도 사직야구장은 늘 뜨겁다.

끼지만 바로 그 책임감 때문에 어깨가 무거워지기도 한다.

때로는 열정이 지나친 팬들도 만난다. 부산에서 롯데 자이언츠 유니폼을 입은 야구 선수는 말 그대로 애증의 대상이다. 열렬한 환호를 받는 동시에 지독한 비난과 원망을 듣는다.

NC 다이노스가 창단되기 전에는 마산 야구장이 롯데 자이언츠의 제2홈구장이었는데, 마산 팬들은 좋은 쪽으로든 나쁜 쪽으로든 열정이 대단하기로 유명했다. 야구를 사랑하는 마음이야 마산이든 부산이든 다를 것이 없겠지만, 마산은 부산과 달리 야구를 직접 볼 기회가 얼마 없다 보니 경기 때마다 억눌렸던 열정이 한꺼번에 표출되곤 했다. 그래서 우리가 멋진 경기를 하고 기분 좋게 이긴 날이면 월드컵에서 우승한 브라질 축구 국가대표를 맞는 것처럼 열광적인 환호를 우리에게 보내주었다. 반면, 큰 점수 차로 맥없이 진 날은 선수단 버스가 뒤집히기라도 할까 봐 잔뜩 긴장한 채 도망치듯 빠져나와야 했다.

그날도 큰 점수 차로 져서 미처 고개도 들지 못하고 쫓기듯이 그라운드를 빠져나온 날이었다. 경기를 마치고 이동하기 전에 경기장 식당에서 늦은 식사를 해야 했던 것으로 보면 아마도 일요일이었던 것 같다. 경기에 진 날이면 다들 어깨가 처지게 마련이고, 그런 상황에서는 함께 밥을 먹는 일도 즐거울 리 없다. 하지만 시즌은 계속 이어지기 때문에 선수들은 억지로라도 웃으려고 애쓴다. 그런데 그렇게 짠내 나는 웃음도 보기에 따라서는 한심하고 원망스러울 수 있음을 그때는 몰랐다.

그날 못내 아쉬운 마음에 경기장 근처를 서성이던 팬들이 적지 않았을 것이다. 그러다 누군가 식당 유리창 너머로 선수들이 웃으면서 밥을 먹고 있는 모습을 본 모양이다.

갑자기 '와장창' 하고 천둥 치는 듯한 소리가 들렸고, 창가 근처에 앉아 있던 선수들이 머리를 감싸 쥐고 혼비백산 흩어졌다. 밖에서 어떤 사람이 큰 돌을 들고 와서 식당 유리창으로 던진 것이었다.

다행히 다친 사람은 없었다. 하지만 자칫 큰 사고가 날 뻔한 순간이었다. 먹던 밥상에 돌이 날아든 경험은, 게다가 유리창 너머로 돌이 날아든 경험은 아마 흔하지 않을 것이다. 나는 입에 든 것을 마저 씹지도 뱉지도 못하고 한참을 넋이 나간 채 주저앉아 있었다.

결국 그날 돌을 던진 사람을 잡았는지는 기억나지 않는다. 구단에서는 어지간한 일이 아니면 팬들과의 갈등을 피한다. 그때는 야구장 주변 CCTV라도 조회해서 잡아야 한다고 생각했지만, 지금은 그게 간단한 일이 아님을 나도 알고 있다. 어쨌든 밥상이 온통 유리 조각으로 뒤덮이는 통에 더 이상 밥을 먹을 수 없었다. 그날 밤은 피곤함에 놀라고 당황한 마음과 미처 채우지 못한 허기까지 겹쳐 잠도 잘 오지 않았던 기억이 난다.

많은 생각이 머릿속을 오갔다. 도대체 나는 왜 야구를 하고 있을까? 아무리 미워도 열렬히 응원했던 선수들에게, 땀 흘리고 밥 먹는 사람에게 돌까지 던지고 싶게 만드는 야구란 과연 무엇일까? 야구라는 게 목숨을 걸 만큼 중요한 일이라도 되는 걸까?

그로부터 십수 년이 흘러, 나는 완전히 상반된 경험으로 같은 질문을 던지게 되었다. 이대호라는 선수 하나가 마지막으로 뛰는 모습을 직접 보기 위해 생업까지 잠시 제쳐두고 은퇴 투어를 따라다니며 응원하는 팬들이 있다는 것을 알게 됐고, 그분들에 대한 감사가 내 마음을 압도했기 때문이다.

그들에게 과연 야구란 무엇이며, 나는 또 어떤 마음으로 야구를 해왔던 것일까? 나름대로 치열하게 노력해왔지만 과연 그들의 과분한 응원과 칭찬을 받아도 될 만큼 진지했을까? 내가 매달렸고, 세상에 나를 알렸으며, 팬들과 나를 연결해준 야구란 과연 무엇일까? 어쩌면 앞으로도 영원히 마침표가 찍히지 않을 그 생각을, 20년의 프로 선수 생활을 마치고 유니폼을 벗는 시점에 정리해서 세상 앞에 내놓고 싶어졌다.

돌아보면 나는 야구를 잘하던 시절도 있었지만 못하던 시절도 있었고, 칭찬과 응원을 받던 시절이 있었는가 하면 욕을 먹고 걱정을 사고 비난을 듣던 시절도 있었다. 야구장을 나서며 웃던 날도 있었고, 남들 눈에 띌까 봐 몰래 빠져나와 아무도 없는 곳에 숨어 괴로움과 울분과 불안을 삭이던 날도 있었다. 하지만 그날들을 돌아보며 새삼 깨닫는 것이 있다. 울고 웃고 설레고 좌절했던 그 모든 날에 나는 야구와, 야구를 좋아하는 사람들과 함께였다.

이 책은 '이대호는 무슨 생각으로 야구를 했는가?'에 관한 답을 시간에 따라 되밟아본 기록이다. 야구, 그리고 야구를 좋아하는 사람들과 함께 부대끼며 이대호가 살아온 이야기들이다.

부산 사직야구장

부산광역시 동래구에 위치한 한국프로야구 롯데 자이언츠의 홈구장으로, 2022년 기준으로 좌석 규모 22,990석이다. 익숙했던 구덕야구장을 떠나서 1987년부터 롯데가 이곳을 홈구장으로 사용하고 있다. 서울 잠실야구장, 대전 한화생명 이글스파크와 더불어 국내에서 가장 오래 된 야구장 중 하나다. 2014년 전광판 교체를 비롯해 2010년대 중반 이후 꾸준히 구장 시설을 개선하려는 노력이 지속됐고, 2022시즌을 앞두고서는 펜스를 높이고 구장을 넓혀 '투수 친화적인 구장'으로 탈바꿈했다. '사직 노래방'으로 불릴 정도로 시즌 내내 롯데 팬들의 뜨거운 응원 열기를 느낄 수 있어 부산을 방문하는 많은 외국인 관람객이 이곳을 찾는다. 이대호가 프로 선수로 첫발을 내딛은 곳이자 야구 인생을 마무리한 곳인 만큼 그에게 의미가 깊은 장소다.

울고 웃고 설레고 좌절했던 그 모든 날에 나는 야구와,
야구를 좋아하는 사람들과 함께였다.

추신수의 지명을 받다

부산에서 태어나고 자란 남자 아이가 야구를 좋아하지 않는다는 것은 상상하기 어려운 일이다. 부산 남자 아이가 야구를 좋아하는 건 고양이가 생선을 좋아하고 염소가 풀을 좋아하듯 당연한 일이었다. 어쩌다 보니 부산에서 태어난 나 역시 그 운명을 피할 수 없었다.

더구나 내가 입학한 초등학교는 부산에서 가장 훌륭한 야구부가 있는 수영초등학교였다. 수영초 야구부는 그 무렵 벌써 10년쯤 되는 전통을 자랑했고, 롯데 자이언츠에서 좋은 활약을 했던 박석진이나 주형광 같은 훌륭한 선배 선수들을 배출했다.

우리 학교에 그런 야구부가 있다는 것은 알았지만 내 손으로 야구부에 원서를 내볼 엄두는 못 냈다. 방과 후에 야구 유니폼을 입고 운동장에서 연습하는 친구들이 못내 부러웠지만 어린 나이에도 야구를 하려면 적지 않은 돈이 필요하다는 것을 이미 알고 있었다. 기억도 나지 않는 어린 나이에 아버지가 돌아가신 뒤, 시장 노점에서 된장과 콩잎 장아찌를 파는 할머니와 함께 살아가던 내게 야구는 먼 나라 이야기였다.

그런데 3학년 어느 봄날, 우리 교실 문을 열고 들어선 전학생 한 명이 내 인생을 바꾸기 시작했다. 작달막한 키에 겉으로 특별해 보이는 점은 없었지만 똘똘한 눈빛에서 단단한 분위기가 느껴지는 아이였다. '추신수'라는 이름도 특이했거니와 첫날부터 야구 유니폼을 입고 등교해 아이들의 관심을 집중시켰던 기억이 생생하다. 더욱이 자기 외삼촌이 그 무렵 부산에서 최고의 야구 선수로 통하던 롯데 자이언츠의 '작은 탱크' 박정태 선수라고 소개하면서 단숨에 교내 최고 스타가 됐다. 쉬는 시간마다 다른 반 아이들까지 소문을 듣고 몰려와 "진짜 너희 외삼촌이 박정태냐"라고 물어댔고, 교실은 외삼촌 사인 좀 받아달라고 부탁하는 아이들로 난장판이 되곤 했다.

신수는 외삼촌처럼 훌륭한 야구 선수가 되겠다는 꿈을 가지고 일부러 야구부가 있는 우리 학교로 전학을 왔다고 했다. 야구부가 있는 학교에 입학했지만 감히 야구 선수가 되고 싶다는 꿈을 꿔보지도 못했던 나와는 꽤 먼 거리에 있는 아이였다.

그런데 신수가 며칠 뒤 나를 찾아와 먼저 말을 걸었다. 야구부 감독 선생님께서 나를 좀 데려오라고 했다는 것이었다. 나는 야구부 감독 선생님이 나를 어떻게 아시고, 또 왜 데려오라고 하시는 거냐고 되물었다. 그랬더니 자기가 감독님한테 "우리 반에 키가 고등학생만큼 큰 아이가 있다"라고 말씀드리자 그 아이를 한번 데려오라고 하시더라는 것이었다. 일찍부터 몸집이 컸던 나는 그때 이미 또래 아이들보다 머리 하나가 더 컸다. 초등학교를 졸업할 때는 키가 거의 170센티미터에 가까워서 어른들하고 비슷했을 정도니, 나를 처음 본 전학생이 놀라서 '고등학생 같은 아이가 있다'고 생각한 것도 무리는 아니었을 것이다.

무슨 영문인지는 몰랐지만, 어른이 부르신다니까 가지 않을 수 없었다. 그날 수업이 끝난 뒤 신수와 함께 야구부를 찾았고, 감독님을 처음 뵈었다. 감독님은 내 몸을 위 아래로 한 번 훑어보시고 공을 몇 번 던져보라고 하시더니, 대뜸 야구를 같이 하자고 하셨다. 신체 조건과 힘이 좋은 데다가 운동신경도 있어 보이니, 지금 시작해도 열심히만 하면 친구들보다 더 잘할 수 있고 나중에 좋은 야구 선수가 될 수 있을 거라는 말씀이었다.

달콤한 제안이었다. 하지만 야구를 하려면 돈이 필요했고, 내게는 그런 돈을 마련해줄 부모님이나 어른이 계시지 않았다. 감독님의 말씀은 기쁘고 고마웠지만, 오히려 내 마음은 더 무거워졌다. 그런데

또래보다 월등히 키가 컸던 초등학생 시절

도 조금씩 들뜨는 것은 어쩔 수 없었다. 보는 것만으로도 흥분되던 야구를 직접 해볼 수 있다니. 야구부 유니폼을 입은 멋진 내 모습이 떠올랐고, 롯데 자이언츠의 선수가 되어 수만 명의 팬들 앞에서 홈런을 날리는 장면도 눈앞에 그려졌다.

집으로 돌아와 할머니께 그 일을 말씀드렸다. 학교 야구부 감독 선생님이 야구부에 들어오라고 하셨다는 이야기, 내가 야구에 재능이 있어서 열심히만 하면 훌륭한 선수가 될 수 있을 거라고 하신 이야기, 솔직히 나도 해보고 싶다는 이야기였다. 야구를 하려면 유니폼과 신발, 글러브나 배트 같은 것을 사야 하고 회비도 내야 하기 때문에 돈이 조금 필요하다는 것도 아는 대로 설명해드렸다.

시장 노점에서 손수 담그신 된장과 콩잎 장아찌를 팔아서 두 손자를 먹여 살리시던 할머니는 늘 쪼들리고, 지쳐 계셨다. 더구나 또래들보다 몸집이 유난히 컸던 형과 나는 먹어치우는 양도 엄청났다. 그런 형편에도 손자가 하고 싶다는 일이 있으면 무엇이든 해주려고 하시던 할머니였지만, 먹고살기에도 빠듯한 살림에 야구에 돈을 들이는 것이 쉬울 리 없었다. 만약 할머니가 그때 "쓸데없는 소리 말고 공부나 열심히 해라"고 말씀하셨다면, 나도 더 고집을 부릴 처지가 아니었다. 정말 그랬다면, 야구 선수 이대호는 세상에 나오지 않았을 테고, 나는 완전히 다른 인생을 살았을 것이다. 하지만 할머니의 반응은 뜻밖이었다.

할머니는 고민 끝에 삼촌과 고모들에게 도움을 청했다. 5남 5녀 중 장남이었던 아버지가 돌아가신 뒤에도 할머니에게는 아들 넷, 딸 다섯이 남아 있었다. 하지만 삼촌들과 고모들도 그리 넉넉한 형편은 아니었다. 그런 형편에 조카까지 지원해달라는 말을 꺼내는 할머니의 마음도 가볍지 않았을 것이다. 여차저차 많은 이야기가 오갔다. 할머니의 간곡한 당부 덕분이었는지 그분들도 부산에서 나고 자란 야구팬들이라 야구를 해보겠다는 조카를 도저히 외면할 수 없었는지, 삼촌과 고모들은 조금씩 힘을 모아 나를 도와주시기로 했다. 그렇게 나는 염치가 무엇인지도 몰랐던 철없는 나이에 친척들의 도움으로 겨우 야구와의 인연을 시작할 수 있었다.

돌아보면 야구 선수가 되기까지 수많은 우연과 호의가 있었다. 우연히 내가 입학한 학교에 야구부가 없었다면, 신수가 우리 학교, 같은 반으로 전학 오지 않았다면, 신수가 나에 대해 감독님께 말씀드리지 않았다면, 감독님이 야구부에 들어오도록 권하지 않으셨다면, 할머니가 쓸데없는 소리 말라고 단박에 내치고 삼촌과 고모들에게 이야기를 꺼내지 않았다면, 삼촌과 고모들이 조금씩이나마 힘을 보태주고 한번 해보라고 격려해주지 않았다면, 나는 야구 선수가 되지 못했을 것이다.

그렇게 여러 우연과 많은 사람의 호의, 도움과 희생이 겹치고 겹친 끝에 야구가 내게 손을 내밀었다. 그리고 감히 야구 선수가 되고 싶다는 꿈도 꾸지 못했던 가난한 아이 이대호가 작은 용기로 그 손을 잡았다. 이 순간이 내 30년 야구 인생의 출발점이었다. 그 연쇄적인 우연의 고리 맨 앞에 전학생 추신수가 있다. 그래서 지금도 처음으로 이대호를 야구 선수로 '지명'한 사람은 추신수였다고 농담처럼 이야기하곤 한다.

"부산 야구의 혼魂"이라고 불렸던 전설적인 선수 박정태의 유전자를 나누어 받은 덕분이었을까? 신수의 야구 실력은 어릴 때부터 늘 최고였고, 집중력과 근성 역시 따라올 사람이 없었다. 그래서 신수는 나에게 늘 가장 고마운 친구이자 보고 배울 수 있는 선생님이었고, 언젠가는 꼭 넘어서고 싶은 경쟁자였다.

하지만 초등학생 시절부터 중학생, 고등학생을 거쳐 프로에 와서도 나는 신수를 넘어서지 못했다. 아무리 기를 쓰고 던져도 내 공은 신수가 던지는 것보다 느렸고, 내가 때리는 공은 신수가 때린 것보다 멀리 날아가지 못했다. 게다가 신수는 나보다 훨씬 빠르게 달릴 수 있었다. 상황 판단이 빠르고 정확했으며 어떤 자리에서든 최고의 수비 능력과 작전 수행 능력을 보여주었다.

신수에 대한 나의 경쟁심을 마음껏 드러냈던 시절은 고등학생 때였다. 야구로 유명했던 부산 소재 여러 고등학교 중에서도 경남고와 부산고는 가장 길고 화려한 전통을 자랑했다. 야구부만 놓고 보면 그 두 학교 사이의 경쟁심은 연세대와 고려대 사이의 것 못지않았다. 신수는 부산고, 나는 경남고로 진학해 각각 투수 겸 4번 타자로 뛰었는데, 3학년 때는 신수와 나의 성적이 곧 두 학교의 승패로 연결되곤 했다. 어느 대회의 부산 지역 예선에서는 내가 신수의 공을 쳐서 홈런을 날리자 신수도 내가 던진 공을 홈런으로 만들면서 난타전을 벌인 기억도 있다. 하지만 투수로서나 타자로서나 신수는 늘 나보다 한 수 위였다. 우리가 맞대결을 할 때면 관중석 한 구석에 늘 스카우터들이 포진해 있었다. 그중에는 나를 보러 온 분들도 있었지만 미국에서 건너온 사람들이 주목한 것은 추신수 한 명뿐이었다.

은퇴를 공표했던 2022년 시즌을 마무리하면서 은퇴 투어로 전국 야구팬들에게 작별 인사를 드릴 수 있는 감사한 기회를 얻었다. 그리고 문학야구장에서 인천 팬들에게 인사를 드렸던 8월 28일, 상대팀 SSG 랜더스의 유니폼을 입은 신수가 선수단을 대표해 꽃다발을 전해주었다. 포옹하면서 눈물을 글썽이는 신수를 보니 나도 눈물을 참기 힘들었다. '이제 그라운드에서 만나는 것도 마지막이구나' 하는 아쉬움과 함께, '30년 전 수영초등학교 3학년 교실에서 만났던 껑다리와 전학생이 여기까지 흘러왔구나' 하는 감회가 몰려왔기 때문이다.

이대호는 추신수라는 전학생 덕분에 야구를 시작했고, 추신수라는 최고의 선수를 목표로 삼아 노력한 덕분에 이만큼이나마 발전할 수 있었다. 그 전설적인 선수의 꽃다발을 받으며 물러나는 영광도

수영초 야구부 시절 추신수와 이대호
(가장 왼쪽이 추신수, 왼쪽에서 네 번째가 이대호다)

누렸다. 신수에게 늘 한 걸음 뒤에 있던 이대호라는 오랜 친구는 어떤 의미였을까? 언젠가 신수가 유니폼을 벗게 되는 날, 더 큰 꽃다발을 안겨주며 묻고 싶다. 아직 끝나지 않은 내 친구 추신수의 선수 인생에 다시 한번 박수를 보낸다.

내 꿈은 프로가 되는 것

그렇게 나는 야구 선수가 됐다. 부산 수영초등학교 3학년, 내 나이 열 살 때의 일이다. 처음 야구부 유니폼을 입던 날의 기분을 어떻게 표현할 수 있을까? 어쩌면 2008년 베이징 올림픽에서 금메달을 따던 날보다 더 기뻤을지도 모른다. 며칠은 유니폼을 벗지도 않은 채 자고, 학교에 가고, 온 동네 골목을 휘젓고 다녔다. 야구부 유니폼을 입고 있으면 높은 하늘을 둥둥 날아다니다가 훌쩍 땅 위로 뛰어내려도 털끝 하나 다치지 않을 것 같은 기분이었다. 야구 유니폼은 마치 슈퍼맨 망토처럼 신비한 힘을 주는 마법의 갑옷이었다.

그렇다고 마냥 좋아할 수는 없었다. 각자 가정을 꾸리고 열심히 살아가는 삼촌과 고모들에게 무한정 신세를 질 수는 없었다. 하루하루 더 늙어가는 할머니의 형편이 갑자기 활짝 펴서 야구에 드는 돈을 넉넉히 충당해주실 것 같지도 않았다.

사실 내가 야구를 시작한 뒤로 할머니는 마지막 남은 패물인 쌍가락지를 열 번도 넘게 전당포에 맡겼다가 되찾아오기를 반복했다. 새 글러브를 사던 날, 새 스파이크를 사던 날, 대회에 출전하기 위해 회비를 내야 했던 날들이었다. 그래서 나는 전당포가 어떤 곳이고 평생 간직해온 소중한 물건을 그곳에 맡긴다는 것이 어떤 의미인지 남들보다 조금 더 일찍 알게 되었다.

고작 열 살이었지만, 집안 형편에 대한 걱정은 한 번도 내 머릿속을 떠나지 않았다. "어려운 집 아이가 일찍 철든다"라는 말은 확실히 일리가 있었다. 더구나 일찍 부모님과 떨어진 아이는 더욱 그렇다. 철이라도 일찍 들어야, 눈치라도 있어야 이 거친 세상에서 살아남을 수 있기 때문이다.

어쨌든 막 열 살이 넘어가던 때부터 나는 막연하게나마 '야구를 잘하는 것만이 살길'이라는 독한 마음을 먹기 시작했다. 야구를 시작한 이상 야구로 돈을 벌기 위해서는 많은 연봉을 받는 프로 선수가 되어야 했다. 그래야 나를 위해 끝도 없이 희생하신 할머니에게 보답하고, 삼촌과 고모들을 비롯한 고마운 어른들에게도 신세를 갚을 수 있다고 생각했기 때문이다.

나름대로 알아보니 프로 선수가 되는 방법은 두 가지였다. 부산과 경남에 있는 고등학생 선수 중에서 가장 잘하는 선수가 되어 롯데 자이언츠의 1차 지명을 받거나 전국에서 80등 안에 들어 8개 구단(NC 다이노스는 2011년에, KT 위즈는 2013년에 창단되었다)의 2차 지명을 받는 것이었다. 부산에서 나고 자란 내게 프로야구 선수가 된다는 것은 곧 롯데 자이언츠 선수가 된다는 것과 정확히 같은 뜻이었다. 다른 팀 선수가 되는 일은 상상하고 싶지도 않았다. 나는 일찌 감치 '부산 1등'을 목표로 삼았다. 그러려면 이미 부산에서 가장 야구를 잘했던 추신수를 반드시 넘어서야 했다.

다행히 나는 생각보다 운동신경이 괜찮은 편이었다. 처음에는 또래들보다 월등히 컸던 몸집과 남달랐던 힘도 큰 몫을 했다. 덕분에 나는 야구를 시작하자마자 동급생 중에서 두각을 나타냈고, 나보다 몇 달 먼저 야구를 시작한 아이들보다 더 자주 경기에 출전해 좋은 성적을 냈다. 내가 다른 아이들보다 연습을 많이 해서 그런 건 아니었다. 그 나이 때는 힘이 몸집에 비례할 수밖에 없었다. 기술은 조금 부족했지만 타고난 몸집 덕분에 내가 힘껏 때린 공이 다른 아이들의 공보다 한참은 더 멀리 날아갔다.

초등학생 시절 대회에 나가면 다른 학교 선수들뿐만 아니라 함께 온 부모님들도 나를 보면서 웅성거렸다. 내가 유급생인지 묻거나 초등학생이 아닌데 경기에 출전한 '부정선수'가 아닌지 의심하는 분들도 있었단다. 그러니 나를 상대했던 상대 팀 선수들이 얼마나 주눅 들어 있었는지는 굳이 설명할 필요도 없을 것이다. 내가 타석에 서면 상대 투수들은 크게 한 방 맞을까 봐 멀찍이 피해 다니기 바빴다. 그러다 감독님의 호통에 할 수 없이 가운데로 공을 밀어 넣곤 했다. "나 좀 때려줍쇼" 하고 날아오는 그 공을 때려 안타로 만드는 것은 타격 훈련보다 더 쉬웠다. 이때 쌓인 자신감은 내가 야구에 더 깊이 빠져들고 훈련에 더 많은 시간과 노력을 기울이는 데 큰 자산이 되었다.

그때 수영초등학교에 함께 다니던 동급생 중에는 훗날 롯데 자이언츠에서 선수로 활약한 이승화도 있었다. 나중에 '우민'으로 이름을 바꾸는 승화는 프로에 입단한 뒤 국내 최고의 외야 수비수로 이름을 날리는데, 사실 초등학생 시절에는 훌륭한 타격폼으로 기가 막히게 안타를 때려내 늘 감독님께 칭찬받던 최고의 타자였다. 그때 승화네 부모님께서 고깃집을 운영하신 덕분에 승화는 가끔 나를 자기 집으로 데려가서 고기를 마음껏 먹게 해주었다. 내가 가난한 형편 탓에 고기를 잘 먹지 못할 거라고 생각했는지는 모르지만, 지나고 나서 생각하니 더욱 고마운 일이었다. 승화는 롯데 자이언츠에 입단한 뒤로도 낯설고 힘든 신인 시절을 함께 보내고, 어려운 일이 있을 때마다 의지가 되어준 고마운 친구였다.

신수와 나, 승화 모두 프로 선수가 되어 기본기에 충실하다는 평가를 받은 것은 우리가 모두 수영초등학교에서 야구를 시작한 덕분인 것 같다. 우리 학교 야구부에서는 둘씩 짝을 지어 공을 주고받는 캐치볼이나 가볍게 던지고 치는 페퍼게임을 많이 했다. 그때는 그게 당연한 줄 알았지만, 다른 학교 야구부는 그보다 기술 훈련 비중이 훨씬 높음을 나중에야 알게 됐다. 수영초등학교의 정장식 감독님은 그때부터 당장 경기에서 이기는 기술보다는 기본기를 다지는 데 많은 공을 들이셨다. 그 덕분에 우리는 야구에 쉽게 질리지 않았고, 몸에 밴 기본기 위에 고급 기술을 알차게 쌓아 올리면서 발전할 수 있었다.

모든 일이 그렇겠지만, 야구에서도 기본기가 가장 중요하다. 야구를 하다 보면 머릿속으로 떠올리는 동작이 실제 몸으로 이어지지 않는 경우가 많다. 애써 어떤 동작을 익히더라도 시간이 지나면 다시 원래 폼으로 돌아가 있거나 아예 폼이 변형되어버리는 일도 많다. 하지만 아주 어린 시절부터 반복해온 동작만큼은 어떤 경우에도 흔들리지 않는다. 그것이 바로 흔히 말하는 '기본기'다.

어린 시절부터 경기를 하면서 승패를 경험하다 보면 기본기보다는 당장 경기에서 이기는 방법에 더 마음이 쏠리는 것이 당연하다. 나도 야구를 처음 배웠던 초등학생 시절이나, 프로 선수로 20년 이상을 뛴 지금이나 이기고 싶은 마음은 조금도 다르지 않다. 그 마음은 지도자도 같다. 더구나 초등학교 야구부 감독은 졸업생의 미래보다는 당장의 대회 성적으로 평가받을 수밖에 없다. 모든 지도자가 어린 선수들의 미래보다 자신의 안위를 앞세운다는 것은 아니지만, 멀리 내다보는 안목을 유지하기가 그만큼 어렵다는 이야기다.

그래서 많은 지도자가 어린 선수들에게 기본기를 가르치기보다는 경기에서 당장 써먹을 기술을 가르치는 데 더 힘을 기울인다. 하지만 안타깝게도 그런 기술은 대개 효용이 오래가지 않는다. 수영초등학교 시절 정장식 감독님은 당신에 대한 평가보다는 어린 선수들의 미래를 좀 더 생각하신 분이었고, 그런 분을 만난 것은 우리에게 엄청난 행운이었다.

그렇다고 늘 지루한 훈련만 반복한 것은 아니었다. 훈련 때는 확실히 기본기가 강조되었지만, 연습 경기 때는 모두가 즐겁게 경기에 임할 수 있는 분위기가 만들어졌다. 그 덕분에 우리는 야구에 점점 빠져들었고, 6학년이던 1994년에는 구덕 야구장에서 열린 '롯데기 쟁탈 초등학교 야구대회'에 출전해 우승하기도 했다. 내가 3학년이던 1991년에 서울에서 열린 전국대회에서 선배들이 우승하는 모습을 지켜본 뒤 직접 경험한 첫 우승이기도 했다. 그 대회에서 유격수로 출전한 내가 대회 최우수선수상을 받았고 투수로 나선 신수가 우수투수상, 중견수로 뛴 승화가 가장 높은 타율을 기록해 타격상을 받았다는 사실이 뒤늦게 알려지면서 화제가 된 적도 있다. 추신수가 그때부터 투수로 이름을 날린 건 그렇다 치더라도 수비력으로 유명한 이승화가 초등학생 시절에는 타격왕이었다는 사실 그리고 느림보 1루수로 익숙한 내가 유격수였다는 사실이 요즘 야구팬들에게는 꽤 신기하고 재미있었던 모양이다.

프로팀이 주최한 대회에서 우승하면서 프로 선수라는 꿈에 한층 가까워진 기분이 들어 들떴던 것 역시 생생하다. 그리고 몇 년이 지나지 않아 그때의 들뜬 상상은 현실이 되었다. 수영초 운동장을 함께 구르던 우리는 프로 선수가 되어서도 함께 그라운드를 누볐다. 힘든 프로 생활 속에서도 철없던 초등학생 시절, 몸으로 익혔던 기본기와 즐거운 추억들은 우리의 든든한 버팀목이 되어주었다. 그 기억들을 함께 떠올리며 웃을 수 있는 친구가 있다는 것 또한 내게는 다시 없을 행운이었다.

회비 걱정 말고 열심히만 해봐라

야구는 꽤 돈이 많이 드는 운동이다. 유니폼과 글러브, 배트 외에도 신발이나 헬멧, 보호 장비 등을 직접 구입해야 하는 데다가 훈련을 열심히 하다 보면 장비들이 금세 찢어지고 닳아서 새로 사야 한다. 야구부 운영비는 회비 명목으로 선수들 부모님들이 조금씩 나누어 부담한다.

삼촌과 고모들이 모아주신 돈으로 배트와 글러브 같은 장비들은 구할 수 있었지만, 한번 산 것을 영원히 쓸 수는 없었다. 자라면서 장비들이 점점 작아졌고, 연습을 열심히 하면 할수록 장비가 낡아가는 속도도 빨라졌다. 어떻게든 야구 선수로서 큰돈을 벌겠다는 뚜렷한 목표를 가지고 있던 나는 다른 친구들보다 연습량이 많았고, 그만큼 장비들의 수명도 짧았다. 때로 감독님이 이래저래 남는 것을 주시면 고맙게 받아서 쓰기도 했고, 스파이크는 친구들이 낡아서 버리려는 것을 얻어 테이프로 고쳐서 쓴 적도 많았다.

문제는 회비였다. 장비는 어떻게 해본다고 해도 회비까지 낼 형편은 안 됐다. 초등학교를 졸업한 뒤 집과 비교적 거리가 멀었던 대동중학교로 진학한 가장 큰 이유도 바로 회비 때문이었다. 그때 우리 집은 수영구였고 대동중학교는 사하구에 있었다. 20킬로미터가 넘는 거리였고, 버스를 타면 한 시간 반쯤 걸렸다. 다른 아이들 같으면 굳이 진학하지 않을 위치에 있는 학교였지만 나는 처지가 달랐다. 그 학교 야구부의 신종세 감독님이 나의 가능성을 높이 사주셔서, 회비 면제와 숙식 제공을 약속하시고 대동중학교 진학을 권유하셨기 때문이다.

"회비 걱정은 말고 야구만 열심히 해라. 먹고 자는 것도 다 내가 해결해줄 테니까 걱정하지 말고."

그 말씀을 처음 들었을 때 너무 감사하고 기뻐서 가슴이 뭉클했다. 이제 다른 걱정 없이 야구에만 집중할 수 있을 것 같았다. 매달 회비 부담을 덜어주시는 것만도 감사한데, 먹고 자는 문제까지 해결되면 할머니의 어깨도 한결 가벼워질 터였다. 숙식이 제공되면 학교와 집이 멀다는 점도 문제 될 이유가 없었다. 이것저것 따질 필요가 없었다. 그렇게 나는 대동중학교 유니폼을 입었다.

감독님이 말씀하신 '숙식 해결'은 감독님 댁에서 먹여주고 재워주겠다는 뜻이었다. 나는 간단한 짐을 챙겨 감독님 댁으로 들어갔다. 감독님께는 아들이 하나 있었는데, 나보다 두 살 위로 같은 야구부에 속한 선배였다. 그렇게 감독님의 아들이기도 한 야구부 2년 선배와의 더부살이가 시작되었다.

처음에는 미처 몰랐지만, 이 말은 곧 학교 훈련이 끝나고 숙소로 돌아온 다음에도 줄곧 긴장한 채 지내야 한다는 의미였다. 감독님은 식사 시간에나 마주할 뿐이었지만 선배와는 눈 뜨는 순간부터 잠드는 순간까지, 훈련장에서부터 집까지 도무지 떨어질 시간이 없었다. 그 '하늘 같은' 선배의 말 한 마디 행동 하나에 신경을 곤두세워야 했던 것은 당연했다. 그때는 선배의 별 생각 없는 말이나 나름대로 친절하게 대해주려고 하는 말도 모두 당장 반응해야 하는 긴급 명령으로 들렸다. 어떤 말이나 행동의 정확한 의도를 이해할 수 없을 때조차 함부로 반문할 수 없었다.

그 시절 운동부 2년 선배란 그런 존재였다. 선배와 단둘이 개인 일과 시간 대부분을 보낸다는 것은 그 선배가 어떤 사람이고 얼마나 호의적이느냐를 떠나서 불편할 수밖에 없었다. 게다가 집안 형편이 어려워 하숙비 한 푼 내지 않고 얹혀사는 처지라는 생각에, 선배에게 야단이라도 맞고 나면 불쑥불쑥 주눅이 들고 서러운 마음이 올라왔다. 지금 와서 생각해보면, 아버지의 결정으로 뜬금없이 몸집도 산 만한 후배에게 좁은 방을 빼앗긴 선배는 얼마나 불편하고 피곤했을까 싶다. 친절을 베푼 것은 아버지이지만, 불편함을 감수해야 한 것은 선배였을 테니 말이다.

결국 나는 얼마 지나지 않아 그 집을 나왔다. 몸은 좀 힘들어지더라도 마음이 편해지는 쪽을 택한 것이다. 감독님께는 연로하신 할머니가 걱정돼서 안 되겠다고 둘러대고는 짐을 챙겨 집으로 돌아갔다. 그 뒤로 중학교 생활 내내 한 시간 반 거리를 버스로 통학했다.

더구나 야구부는 다른 학생들보다 한 시간 일찍 등교하고 서너 시간 늦게 하교했다. 그 덕분에 몸은 두 배로 피곤했다. 나는 늘 컴컴한 새벽에 일어나 학교로 향했고, 깜깜한 밤이 되어서야 다시 집으로 돌아오는 버스에 몸을 실었다. 그래서 새벽이건 밤이건 버스에 타면 자리에 앉자마자 곯아떨어지곤 했다. 그나마 등굣길은 잠결에도 바짝 긴장이 돼서 그랬는지 학교에 다 와갈 때쯤이면 저절로 눈이 떠졌다. 하지만 하굣길에는 종일 구르고 뛰어서 생긴 피곤에 일과를 마쳤다는 나른함이 겹쳐 종점에 가서야 깨어난 적도 셀 수 없이 많았다. 그 시절 기사 아저씨는 새벽과 늦은 밤, 늘 버스 맨 뒷자리에 앉아 곯아떨어지던 덩치 큰 중학생을 아직 기억하고 계실지도 모르겠다. 그 학생이 훗날 롯데 자이언츠의 4번 타자가 됐다는 사실도 알고 계실까.

집으로 돌아오니 마음은 너무나 편안하고 행복했다. 한번 남의 집 더부살이를 하면서 눈칫밥을 먹고 돌아오니 부모님의 부재와 가난한 형편으로 생겼던 한 자락 원망의 마음마저 사르르 녹아내렸다. 형과 부대끼는 좁은 방이 세상에서 가장 안락했고, 할머니가 지어주시는 거친 밥과 된장에 재운 콩잎 반찬이 세상에서 제일 달콤했다.

가족의 소중함 그리고 가족과 함께하는 행복에 대해 구체적이고도 절실하게 느낀 때가 그 무렵이었다. 그 전에도 늘 할머니께 고맙고 미안한 마음이 있었지만, 떨어져 있다가 돌아온 뒤로는 그저 함께 있다는 것만으로 마음이 편해지는 존재가 가족이라는 사실을 새삼 느꼈기 때문이다.

짧지 않은 세월이 흘렀고, 할머니도 세상에 계시지 않는다. 하지만 나는 경기장에서 돌아와 마주하는 아내와 두 아이의 평안한 얼굴에서 그때와 비슷한 감정을 느낀다. 두 아이 예서와 예승이에게도 부디 나와 아내가 나의 할머니와 같은 따뜻한 언덕이었으면⋯. 가족의 사랑이 세월을 넘어 이어진다는 것이 참 신기하고 소중하다.

실력으로 살아남아라

'숙식 제공' 혜택은 물 건너갔지만 '회비 면제' 혜택이 계속 이어진 덕분에 대동중학교에서 계속 야구를 할 수 있었다. 회비를 면제해주기로 결정하신 감독님뿐 아니라 내 몫의 회비까지 대신 부담해주신 다른 부모님들이 계셨기에 가능한 일이었다. 그래서 중고등학생 시절 함께 운동했던 친구들의 부모님들께는 늘 죄송하고 감사하다.

나는 회비도 내지 않으면서 다른 아이들보다 훨씬 경기에 많이 출전했고, 중심 선수로서 여러 특별대우를 받았다. 나는 초등학생 3학년 때 처음 야구를 시작한 뒤로 늘 또래 중에서 야구를 꽤 잘하는 편에 속했다. 초등학생 시절에 나를 야구부로 이끌어준 신수를 제외하면, 같은 팀에서 공격과 수비 모두 나보다 월등히 뛰어나다고 느낀 동급생은 거의 만난 적이 없을 정도였다. 저학년일 때부터 늘 주전으로 경기에 출전한 건 당연했다.

한번은 동료 선수의 부모님이 감독님께 그 문제를 따지는 바람에 곤란해진 적도 있었다. 야구부 학부모회의 간부로 우리 야구부에 가장 많은 경제적 도움을 주셨음에도 그분의 아들은 좀처럼 출전 기회를 잡지 못하고 있었다. 그 때문에 속상하셨는지 그분이 감독님께 "대호는 왜 회비도 내지 않는데 계속 경기에 나가느냐"라고 따지시는 것을 우연히 듣고 말았다.

그 순간 여러 생각이 머릿속에서 오갔다. '경기는 실력 있는 사람이 출전하는 거고, 내가 실력이 있으니까 나가는 건데 뭐가 이상하다는 거지?' 하는 생각과 함께 반발심이 먼저 들었다. 하지만 조금 시간이 지나면서 '저분은 회비도 많이 내고 직접 시간을 내서 활동도 많이 하시는데, 나는 회비도 못 내고 부모님이 학부모회 활동도 못 하면서 경기마다 주전으로 출전하니까 속상하신 것도 당연하겠다'라는 생각도 들었다.

생각이 거기까지 이르자 점점 심란해졌다. '내가 나서서 훈련만 하고 경기에는 나가지 않겠다고 말씀드려야 하나' 하는 생각부터 '나도 어떻게든 돈을 마련해서 회비를 내야 할까?' 하는 마음과 함께, 심지어 자존심이 상해 '야구를 그만두어야 하나' 하는 고민까지 뒤엉켜 이마가 후끈해졌다. 그러다 마지막에는 왜 나는 하고 싶은 야구조차 마음껏 하지 못할 만큼 가난한지, 왜 아버지는 그렇게 일찍 돌아가셨는지 서러운 마음이 들어 눈시울이 붉어지기도 했다.

그때 감독님이 어떻게 대답하셨는지는 알 수 없다. 하지만 그 뒤로도 내게 별다른 말씀은 없으셨고, 출전 횟수도 줄어들지 않았다. 어쨌든 나는 그 일 이후 좀 더 독한 마음으로 야구를 대하게 되었다. 회비도 내지 않는 내가 팀에 도움도 되지 않으면 회비를 대신 내주시는 분들이나 나를 믿어주시는 감독님을 뵐 낯이 없기 때문이다. 내가 열심히 해서 팀에 승리를 안겨주는 것이 다른 친구들과 부모님들께 조금이나마 보답하는 길이라는 생각도 들었다.

이 생각은 곧 내게 '절실함'이 무엇인지를 알려주었다. 누군가는 주어진 환경에 낙담하고 쓰러지지만 누군가는 그 환경을 거름으로 삼아 새로운 싹을 틔워낸다. 고된 일상이 역설적으로 나를 더 일으켜 세웠다. 주어진 조건이 나를 짓밟으려 할수록 나는 더 이를 악물고 일어나 실력으로 나를 증명하겠다고 다짐했다. 그렇게 버텨온 경험들이 20년이라는 긴 세월 동안 야구를 할 수 있었던 원동력일 것이다. 나이는 어렸지만 프로 못지않은 절실함으로 오직 훈련에만 매달렸던 조숙하고 서글픈 중학교 시절이었다.

야구는 경남고

"구도(야구의 도시) 부산"이라고 불릴 만큼 부산에는 야구를 사랑하는 사람들이 많고, 야구의 역사도 길다. 다른 지역은 어떤지 몰라도, 부산에서는 사람들끼리 야구를 좋아하냐고 묻는 일이 드물다. 당연한 걸 왜 묻느냐는 답이 돌아올 것이 뻔하기 때문이다.

그러니 부산에 야구 명문 고등학교가 많은 것도 당연하다. 전국 대회에서 우승한 경험이 있는 학교만 해도 지금은 개성고로 이름이 바뀐 부산상고, 부경고로 바뀐 경남상고, 부산공고 그리고 그중에서도 가장 우승 경험이 많고 프로 선수도 많이 배출한 최고의 명문, 경남고와 부산고가 있다. 그 밖에 비교적 최근에 문을 연 부산정보

압도적이고 강렬했던 경남고의 하얀 유니폼

고등학교도 점점 좋은 선수들을 많이 배출하고 있다. 모든 학교가 나름의 자랑거리와 장단점을 가지고 있지만, 나는 일찍부터 가고 싶은 학교를 마음속에 정해두고 있었다. 바로 경남고등학교였다.

초등학생 시절, 구덕야구장에서 경남고 야구부의 하얀 유니폼을 처음 봤을 때부터 '내 학교'라는 느낌이 강하게 들었다. 부산고의 푸른 유니폼도 멋있었지만, 경남고만큼 압도적이고 강렬한 느낌은 아니었다.

경남고는 우리나라에서 고교야구 전국대회가 처음 생긴 1940년 대부터 우승을 휩쓸던 전국 최강의 학교였다. 이곳에서 그 시절 '태양을 던지는 남자'라는 멋진 별명으로 유명했던 장태영 선생님을 비롯해 박영길, 허구연, 김용희, 최동원 같은 전설적인 선배님들이 배출되었다. 박영길 선배님과 김용희 선배님은 롯데 자이언츠 감독을 지내셨고, 허구연 선배님은 선수 출신으로는 처음 한국야구위원회(KBO) 총재에 오르셨다. 1984년 한국시리즈에서 혼자 4승을 기록하며 롯데 자이언츠 첫 우승을 이끌어 낸 '롯데와 부산 야구의 상징' 최동원 선배님에 대해서는 더 설명할 필요가 없을 것이다. 수많은 선배님들이 만들어낸 전설 같은 이야기들은 다 말하자면 밤을 새워도 모자랄 정도다. 그런 후광 때문인지는 몰라도 아직 나는 경남고의 하얀 유니폼보다 더 멋있고 위압감이 철철 넘치는 고교야구부 유니폼을 본 적이 없다.

게다가 경남고는 야구만으로 유명한 학교가 아니었다. 개교 무렵부터 부산과 경남 지역에서 최고의 수재들만 입학하는 학교였던 만큼, 지역을 넘어 전국적으로도 훌륭한 선배님들을 많이 배출했다. 오죽하면 대통령을 두 번이나(김영삼, 문재인 대통령) 배출한 고등학교는 대한민국에서 경남고가 유일하다고 하지 않던가.

몇 해 전 롯데 자이언츠 후배들과 서울에 있는 한 고깃집에서 저녁 식사를 한 적이 있었다. 서너 명뿐이었지만 다들 보통 사람의 대여섯 배는 먹는 대식가들이었다. 간단히 요기가 될 정도로만 먹었는데도 계산서에 적힌 액수는 어느 새 100만 원을 훌쩍 넘어가고 있었다. 내가 제일 선배이기도 했고, 연봉도 제일 많이 받으니 당연히 내가 계산할 생각이었다.

그때 한 점잖은 노신사께서 다가와서는 "이대호 선수, 경기 잘 보고 있어요. 힘내서 더 열심히 해주세요" 하시기에 감사하다고 인사를 드렸는데, 그분이 우리 테이블의 고깃값까지 모두 계산하고 가신 것을 나중에 알게 됐다. 그때만 해도 부산도 아닌 서울에서, 적지도 않은 밥값을 내주시는 팬분을 만난다는 것은 흔치 않은 일이었다. 나중에 식당 사장님을 통해서 들어보니 그분은 서울대병원장을 지낸 신경외과 전문의 정희원 선생님으로, 경남고 졸업생이셨다. 롯데 자이언츠의 팬이기에 앞서 먼 후배를 응원하는 경남고의 대선배로서 그날 적지 않은 식사비를 대신 내주셨던 것이다.

그 후로도 비슷한 경험을 셀 수 없이 많이 했다. 병원, 법원, 관공서, 언론사 등등 세상을 움직이는 중요한 곳곳마다 경남고 동문이 숨어 있었다. 그들은 내가 모르는 곳에서도 나의 모습을 지켜보고 응원하면서 기회가 있을 때마다 알게 모르게 아낌없는 도움을 주시곤 했다.

사실 프로 선수는 운동선수라는 사실만으로도 늘 누군가의 응원을 받는다. 특히 야구의 인기 덕분에 프로야구 선수는 다른 종목의 선수들보다 더 큰 관심과 사랑을 받는다. 그러다 보면 때로는 누군가의 호의를 받는 일에 무뎌져서 그것을 당연하게 느끼거나 무례하게 반응할 때도 있었다. 대중의 관심과 팬의 사랑 없이는 선수도 존재할 수 없다는 사실을 되새기려고 노력하지만, 나의 부족함으로 팬들을 실망시킬 때도 있다.

그럼에도 드러나지 않는 곳에서 나를 묵묵히 지켜보면서 변함없는 관심과 응원을 보내주는 경남고 선배와 동문들은 나를 돌아보고 겸손하게 하는 무게추가 되어주었다. 그렇게 훌륭한 사람들과 경남고라는 특별한 이름으로 묶일 수 있다는 것은 커다란 영광이다.

청룡기 전국고교야구 선수권대회와 경남고

해방 이듬해인 1946년 자유신문사 주최로 첫 대회가 열린 우리나라에서 가장 오래된 고교야구대회다. 2회와 3회 대회에서 경남중을 연속우승으로 이끈 투수 장태영과 그의 숙적이었던 동산고 타자 박현식 그리고 장태영과 경남중의 무패행진을 끝내고 4회 대회에서 우승한 광주서중의 강속구 투수 김양중 등 한국야구 1세대 스타들이 탄생한 것도 청룡기 무대였다. 훗날 프로에서 활동했던 선수들 중 청룡기를 통해 이름을 알린 대표적인 이는 최동원이다. 그는 경남고 시절이던 1976년 제 31회 청룡기대회에서 군산상고와의 승자결승에서 삼진 20개를 잡아내는 기록을 세웠다. 그리고 패자결승을 통해 다시 올라온 군산상고와 맞붙은 최종결승에서도 안타 2개만 내주고 12개의 삼진을 잡아내며 3대 0으로 완봉승, 팀 우승을 이끌었다.

6.25 전쟁 중 원래 대회를 주최했던 자유신문사가 어려움을 겪으면서 대회가 중단되자 조선일보가 대회 주최권을 인수했고, 그 뒤로는 조선일보사의 주최로 해마다 5월에서 6월 사이에 치러지고 있다.

대회 원년에 운보 김기창 화백이 그려서 만든 청룡기는 1955년부터 1957년까지 3년 연속우승을 차지한 동산고 교장실에 영구보존되어 있다. 역대 최다우승팀은 2010년에 통산 9번째 우승을 달성한 경남고다.

팔도시장 된장 할매

할머니는 부산 수영구에 있는 팔도시장 노점에서 반찬을 팔았다. 시장 골목 중간쯤에 있는 문구점 건너편이 할머니가 좌판을 벌이던 자리였다. 할머니의 좌판에는 여러 반찬이 올라왔지만, 가장 인기 있는 것은 된장에 재운 콩잎이었다.

할머니는 시장에서 산 콩잎을 집에서 된장과 간장으로 간을 해서 재워두었다가 숙성이 되면 가격을 조금 더 붙여서 좌판에 올렸다. 팔도시장으로 장을 보러 오면 꼭 우리 할머니의 콩잎을 챙겨서 사가는 단골도 많았고, 같이 장사를 하는 상인들도 하루 일을 마치면 가족들 저녁거리로 할머니의 콩잎을 조금씩 사갔다. 그래서 사람들은 우리 할머니를 "팔도시장 된장 할매"라고 불렀다.

할머니는 음식 솜씨가 좋았다. 부산 음식은 간이 너무 세서 맛이 없다고들 하지만 할머니가 만든 콩잎은 그렇지 않았다. 너무 짜지 않은 간에 살짝 달콤한 맛이 났고, 원래 콩잎 향인지 할머니의 비법 소스 향인지 모를 좋은 향이 얼핏 배어 있어서 따뜻한 밥에 얹어 먹다 보면 다른 반찬 없이도 두세 그릇을 금방 비우곤 했다. 내가 몸집이 이렇게 커진 것도 어릴 적부터 그 콩잎을 반찬 삼아 밥을 몇 공기나 해치웠기 때문일지 모르겠다.

할머니는 더위와 추위를 가리지 않고 매일 이른 아침부터 저녁까지 콩잎을 다듬고 재우고 팔러 가셨다. 집으로 돌아오신 다음에도 청소와 빨래, 식사 준비를 모두 혼자 하셨지만 조금도 피곤한 기색이 없으셨다. 늘 의연한 모습만 보이셔서 그랬을까? 나와 형은 간단한 집안일이라도 거들면서 할머니의 수고를 덜어드릴 생각조차 하지 못했다. 그렇게 매일 고생해도 버는 돈은 얼마 되지 않았을 텐데, 우리 형제는 다른 아이들의 두 배 이상을 먹어치웠다. 그때 할머니는 얼마나 힘드셨을까? 매일 마음에 지고 사신 부담감은 얼마나 무거웠을까? 세월이 흘러서야 생각할 때마다 가슴이 울렁거린다.

할머니는 당신의 몸이 힘들고 아픈 것보다 손주들이 부모 없이 자란다고, 가난하다고 놀림받는 것을 가장 걱정하셨다. 그 때문인지 할머니는 용돈으로 매일 천 원을 주셨는데, 그 시절에는 꽤 잘사는 집 아이들과 비교해도 적지 않은 돈이었다. 나는 그 돈으로 매일 친구들과 떡볶이를 사 먹거나 오락실에서 게임을 하며 놀았고, 점심시간에는 컵라면을 사서 뜨거운 국물에 식은 밥을 말아 먹는 호사도 누렸다. 그 나이에도 집이 가난하다는 것이나 할머니가 고생하신다는 것을 다 알았지만, 할머니가 주시는 천 원으로 맛있는 것을 사 먹는 일이 너무 즐겁고 신났다.

하루에 천 원이라는 돈을 모아서 대단한 효도를 할 수 있는 것은 아니었다. 어쨌거나 먹고 싶고 하고 싶은 것 많은 초등학생 시절이 아니었던가. 그런데도 가끔 그 시절 내가 먹던 떡볶이와 컵라면, 오락실에서 즐겼던 게임을 떠올리며 자책하는 이유가 있다.

평생 고생만 하시던 할머니는 내가 고등학교 1학년이던 해, 연세 여든이 가까워 오던 무렵 병원에 입원하셨고 끝내 자리에서 일어나지 못한 채 이듬해에 돌아가셨다.

어느 날 학교를 마치고 병원으로 찾아간 내게 할머니는 갑자기 "불고기버거가 먹고 싶다"라고 말씀하셨다. 그 전까지 나는 할머니가 햄버거를 드시는 것을 한 번도 본 적이 없었다. 햄버거를 드시고 싶다는 말씀을 하신 적도 전혀 없었다. 할머니가 햄버거라는 음식을 아시는 것 자체가 놀라울 정도였다. 하지만 무슨 이유에서였는지 할머니는 정확히 '불고기버거'를 드시고 싶다고 말씀하셨다. 나는 곧장 시내에 있던 롯데리아로 달려갔다. 그런데 막상 주문대 앞에 서서 보니, 그때 내가 가진 돈으로는 불고기버거를 살 수 없었다. 딱 몇백 원이 모자랐는데, 그때는 당장 그 몇백 원을 구할 방법이 없었다.

어쩔 수 없이 가장 저렴한 메뉴였던 '데리버거'를 한 개 사서 병실로 돌아왔다. 할머니는 내가 가져온 '데리버거'를 정말 맛있게 다 드셨다. 할머니가 '데리버거'와 '불고기버거'를 구별하실 수 있었는지, 불고기버거를 드셔보신 적은 있는지, 아니면 우연히 병실 TV에서 '불고기버거' 광고가 흘러나오는 걸 보셨는지는 지금도 알 수 없다. 하지만 할머니가 원했던 '불고기버거'를 드리지 못하고 더 저렴한 '데리버거'를 드린 일은 내 평생에 작은 한으로 남았다. '데리버거' 한 개를 맛있게 드시고 얼마 뒤, 모자랐던 돈을 구해 '불고기버거'를 맛보여 드리기도 전에, 할머니는 영영 눈을 감으셨다.

매일 떡볶이와 컵라면을 먹느라고 다 써버린 돈을 몇백 원이라도 따로 모아두었더라면. 아니, 딱 하루만 군것질을 참고 천 원짜리 지폐 한 장만 비상금으로 숨겨두었더라면 할머니가 돌아가시기 전에 유일하게 이름까지 짚어가며 드시고 싶다고 하셨던 불고기버거를 사드릴 수 있었을 텐데.

롯데 자이언츠 선수가 되어, '롯데' 유니폼을 입고 '롯데리아' 간판을 보면서 그때를 생각하곤 한다. 그럴 때면 가던 길을 잠깐 멈추고 불고기버거 하나 먹을까, 배가 고프지 않은데도 잠시 갈등한다. 나는 지금도 롯데리아에서 '불고기버거'를 가장 좋아하고, 반찬 중에서도 '된장 콩잎'에 가장 진한 식욕을 느낀다. 그리고 아무 생각 없이 불고기버거를, 된장 콩잎에 싼 따뜻한 쌀밥을 입 안 가득 물고 우물거리다가도 문득 어떤 순간들이 떠올라 코끝이 찡해진다.

그로부터 꽤 시간이 지난 뒤의 일이지만, 처음 일본으로 건너가 오릭스 버팔로스에 입단했을 때 나는 25번을 등에 달았다. 원래 롯데 자이언츠에서 달던 10번은 주전 유격수 오비키 게이지가 달고 있어서 혹시 52번이 비었느냐고 물었더니 그것도 나중에 삼성 라이온즈에서 뛰게 되는 외국인 선수인 아롬 발디리스가 달고 있어서 안 된다는 것이었다. 대신 25번을 달기로 했던 신인 사토 다쓰야가 자신은 15번으로 바꾸어도 괜찮다며 양보해준 덕분에 25번이 일본 시절 나의 등번호가 되었다.

내가 52번을 달려고 했던 이유는 간단하다. 52번이 할머니의 이름을 떠올리게 하는 숫자였기 때문이다. 내가 지금도 세상에서 가장 사랑하고 그리워하는 나의 할머니, 팔도시장 된장 할매의 성함은 오, 분 자, 이 자, 즉 오분이 여사다. 어쩔 수 없이 순서는 뒤바뀌었지만 5와 2라는 숫자에 내 감사한 마음을 담음으로써 잠시나마 할머니의 이름을 등에 업고 뛸 수 있었다.

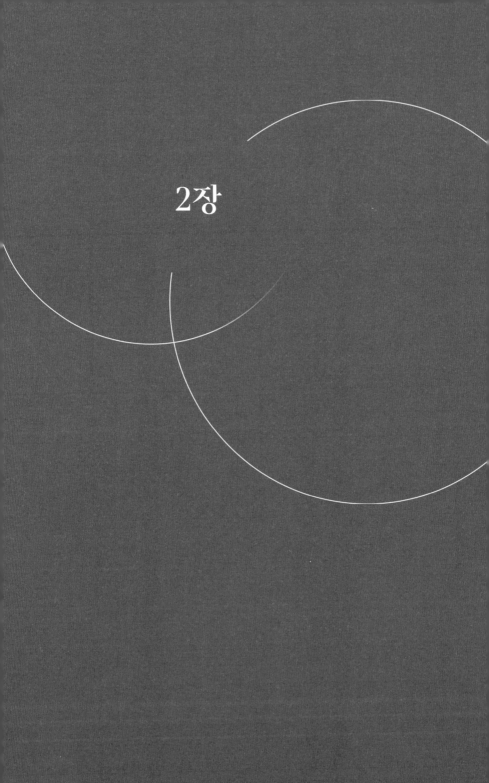

2장

진정한 거인이
되는 길

갈 곳 없는 계약금

대부분의 학생이 다 그렇듯, 고교야구 선수 역시 학년이 올라갈수록 고민이 많아지고 마음이 급해진다. 보통 수험생은 어느 대학에 진학할지 고민하지만 고교야구 선수들은 프로팀에 입단하거나 대학에 진학해서 직업 선수가 될지, 아예 야구를 관둬야 할지 기로에 선다. 수험생이 원하는 대학에 합격하기 위해 수능시험에서 좋은 점수를 받아야 하듯이, 야구 선수는 프로팀에 지명되거나 대학팀에 스카우트되기 위해 3학년 때 참가하는 전국대회에서 자신의 능력을 충분히 과시해야 한다.

그런데 고등학교 3학년에 올라갈 준비를 하느라 한창 정신이 없을 때 내 삶에서 가장 중요한 사람이었던 할머니께서 돌아가셨다. 할머니는 아무도 돌볼 사람 없는 나를 먹이고 입히고 재우고 키우기 위해 모든 것을 희생하신 분이었다. 야구를 열심히 해서 돈을 많이 벌어 그 은혜에 보답해야겠다는 목적의식을 품게 한 분이기도 했다. 그런 할머니가 돌아가시면서 나는 갑자기 길을 잃어버리고 말았다. 할머니가 계시지 않는데 야구를 계속해야 하는 이유가 무엇인지 아무리 생각해도 답이 떠오르지 않았다.

철이 없던 나는 감독님께 야구를 그만두겠다고 말씀드렸다. 이제부터 공부를 해서 대학에 가기에는 너무 늦었고 그럴 형편도 되지 않으니, 배울 만한 기술이라도 알아봐야겠다는 생각이었다. 하지만 그때 경남고 야구부 코치로 계시던 전광열 감독님(20년 가까이 경남고 한 곳에서만 코치로 자리를 지키신 끝에 2013년부터는 경남고 감독을 맡고 계신다)이 해주신 말 한 마디가 다시 나를 붙잡았다.

"지금 그만둔다고 하면, 할머니가 좋아하시겠나?"
"예? 저희 할머니 돌아가셨는데요?"
"그러니까, 할머니가 하늘에서 보시고, 야구 그만둔다고 좋아하시겠느냐 이 말이다."

할머니가 돌아가시고 너무 가슴이 아프고 슬플 때도 이상하게 나오지 않던 눈물이, 그 순간 한꺼번에 터져 나왔다.

"할머니가 그렇게 고생하시면서 니 키우고 야구할 수 있도록 해주신 게, 당신 효도받고 호강하자고 그러셨겠나? 할머니가 바라는 건 아마도 딱 한 가지셨을 기다. 니가 훌륭한 야구 선수가 되는 거. 그래서 많은 사람한테 사랑받고, 많은 사람이 자랑스러워하는 사람이 되는 거. 그것 말고는 바라는 거 없으셨을 기다. 할머니 뜻 저버리지 말고, 최고의 선수가 돼서 사람들이 훌륭한 야구 선수를 키워주신 할머니를 기억하고 고마운 마음 가지게끔 해드리라. 그게 지금 니가 할 수 있는 최고의 효도다."

그 말씀에 대꾸할 말이 한마디도 생각나지 않았다. 나는 그저 고개 한 번 꾸벅 숙인 다음 아무 말도 없이 도망치듯 나왔다. 그러고는 곧바로 연습장으로 가서 눈물을 씹어 삼키면서 배트를 휘둘렀다. 그 전까지 야구를 했던 목적은 오로지 하나였다. 할머니를 호강시켜드리는 것. 하지만 그날부터는 많은 사람에게 사랑받는 선수가 되어서 하늘에 계시는 할머니를 기쁘시게 해드리겠다는 새로운 목표가 생겼다.

할머니는 내게 야단을 치신 적이 한 번도 없었다. 사실 할머니가 원래 온순하고 화를 낼 줄 모르는 분은 아니었던 것 같다. 시장 다른 어른들 말씀으로는 자리다툼 때문에 종종 싸움을 크게 벌이기도 하셨다고 들었다. 지금 생각해보면, 부산 재래시장에서 노점을 하는 장사꾼이 화를 낼 줄 모른다는 건 말이 되지 않는다. 하지만 이상하게도 우리 형제는 할머니에게 야단을 맞은 적이 없었고, 할머니께서 화를 내시는 모습을 본 적도 없었다. 할머니는 무조건적으로 우리 형제를 감싸고 안아주시는 절대적인 내 편이었다.

그렇다고 칭찬에 후한 분도 아니셨다. 주변 어른들에게 인사를 잘하거나 친구들에게 뭔가를 베풀었을 때는 칭찬이나 특별 용돈을 받기도 했지만, 시험을 잘 봤다거나 무슨 상을 받았다고 칭찬하신 적은 한 번도 없었다. 오히려 그럴 때는 어디 가서 자랑하지 말라고, 잘난 척하지 말라고 늘 말씀하셨다.

할머니는 내가 잘난 사람이 되기보다는 남들에게 사랑받는 사람이 되길 원하셨고, 할머니의 자랑거리가 되기보다는 많은 사람에게 환영받는 사람이 되길 바라셨다. 그래서 나 또한 그것을 내 야구 인생의 목표로 삼았다.

2001년 신인드래프트에서 롯데 자이언츠의 1차 지명은 역시 부산고의 투수 겸 4번 타자 추신수였다. 나는 결국 신수의 벽을 넘지 못했다. 어느 정도는 예상했던 일이었고, 또 상대가 신수였기 때문에 나도 기쁜 마음으로 축하할 수 있었다. 내가 2차 지명에서 롯데의 선택을 받는다면, 초등학교를 졸업한 뒤 7년 만에 신수와 다시 같은 팀에서 뛸 수 있을지도 모른다는 희망도 품었다.

하지만 신수에게는 롯데 자이언츠 선수가 되는 것보다 더 큰 꿈이 있었다. 신수는 2학년과 3학년 때 2년 연속으로 대통령배 고교야구대회 최우수선수에 선정되면서 전국에 이름을 날렸다. 그뿐 아니라 나와 (김)태균, (정)근우도 함께했던 2000년 캐나다 에드먼턴 세계청소년야구 선수권대회에서 최우수선수에 선정되면서 세계적으로도 주목을 받았다. 메이저리그 구단들이 신수에게 관심을 보인 것은 당연한 일이었다. 결국 신수는 137만 달러라는 거액의 계약금을 받으며 메이저리그의 시애틀 매리너스에 입단했다. 그로부터 16년이 흐른 뒤, 나도 미국으로 건너가 시애틀 매리너스에 입단해서 뛴 적이 있으니 인연이 묘하게 이어지긴 했으나 그때 신수는 이미 클리블랜드와 신시내티를 거쳐 대형 FA 계약을 맺고 텍사스 레인저스에서 뛰고 있었다.

당시 나는 모든 구단이 차례대로 지명하는 2차 지명 대상이 됐고, 혹시라도 롯데가 아닌 다른 팀에 지명되면 어쩌나 싶어서 가슴을 졸였다. 하지만 다행스럽게도 롯데 자이언츠는 첫 번째 라운드에서 나의 이름을 불렀고, 나는 초등학생 시절부터 품어왔던 오랜 꿈 하나를 이루게 됐다. 그때 내가 롯데 자이언츠에서 받은 계약금은 2억 1천만 원이었고 연봉은 2천만 원이었다. 지금 봐도 적은 돈은 아니지만, 가난하게 살아왔던 내가 나이 열아홉 살에 처음으로 손에 쥔 돈으로는 엄청나게 큰돈이었다.

입금된 통장 속 숫자를 보면서 이게 꿈인가 싶을 만큼 감격스러웠다. 하지만 한편으로는 허전한 마음도 있었다. 이 돈은 야구 선수가 돼서 처음으로 버는 돈을 할머니께 드리겠다는 생각으로 노력한 끝에 얻은 결과였다. 2억 원이라면 할머니가 장사하는 시장으로 달려가 큰 소리로 "할매, 이제 고생 끝났다"라고 외쳐볼 수도 있는 금액이었다.

이제 할머니도 안 계신데 이 돈이 다 무슨 소용인가 하는 마음이 밀려왔다. 2년만 더 사셨더라면, 그래서 손자가 꿈에 그리던 롯데 자이언츠 유니폼을 입은 모습을 한 번만 봐주셨더라면, 그 손자의 손을 잡고 함께 좌판을 벌이던 시장 어른들께 자랑이라도 해보셨더라면⋯. 아쉽고 안타까운 생각이 꼬리에 꼬리를 물고 끝도 없이 이어졌다.

나는 유니폼과 계약서를 챙겨 할머니를 모셔둔 절을 찾아 인사드리는 것으로 아쉬운 마음을 대신했다. 그리고 예쁜 분향용 저고리를 한 벌 사서 향불에 태워 올려드리면서 할머니 생전에 좋은 옷 한 벌 사드리지 못했던 아쉬움을 달랬다.

계약금으로 받은 돈을 털어 원래 살던 집 근처에 조그만 빌라를 한 채 마련했다. 팀 훈련에 합류하기 전 잠깐의 여유 시간에 운전면허를 딴 다음, 조금 남은 돈으로 산타페 승용차도 한 대 샀다. 더 좋고 멋있는 차를 타고 싶은 욕심도 있었고, 형편에 맞추어 조금 작은 차를 타는 게 맞지 않을까 하는 생각도 있었지만 여러 고민 끝에 몸집이 큰 내가 편하게 탈 수 있는 차를 골랐다. 집과 야구장을 오가는 동안이라도 몸이 편안한 것이 중요하다고 생각했기 때문이다. 배트와 글러브, 스파이크처럼 부피가 큰 야구 장비들을 트렁크에 싣고 다니기 편하다는 점도 매력적이었다.

그 차는 2006년에 새 차를 살 때까지 6년 정도를 함께했다. 새로 산 집에는 아직 결혼하기 전이었던 막내 삼촌과 형이 함께 살았는데, 수영구 집에서 사직야구장까지 거리가 제법 있었기 때문에 차가 큰 도움이 되었다. 입단 초기에 타자로 전향하면서 2군을 오갈 때는 사직야구장에서 훈련을 마친 다음 경기를 하러 마산야구장까지 다시 가야 했는데 그때도 이 차가 유용하게 쓰였다. 미래가 아직 막연하던 시절, 산타페는 모든 힘듦을 벗어두고 홀로 편히 쉴 수 있는 유일한 공간이었다. 그 안에서 혼자 많이도 울고 웃었다. 내 큰 몸을 싣고 험한 길을 오가면서도 별 탈 없이 버텨주었던 그 차 또한 오늘의 이대호를 만드는 데 한 몫을 해준 고마운 친구였다.

어쨌거나 이제 그토록 꿈꾸던 프로 야구 선수로 새로운 출발을 맞았다. 우연히 야구를 접하고 막연하게 프로 선수가 되겠다는 꿈을 꾸었지만 그 꿈이 막상 실제가 되니 기분이 얼떨떨했다. 결국 살아남아 롯데 선수가 되었다는 감격, 계약금만큼 값어치를 해내야 한다는 부담감, 다시 출발대 앞에 선 막막함…. 이 모든 것이 뒤엉켜 머릿속이 욱신거렸다.

하지만 한편으로는 기대감도 차올랐다. '도전', '출발'이라는 말은 언제나 나를 설레게 했다. 남들이 다 가는 길로는 가고 싶지 않았다. 어차피 시작부터가 모두와는 다른 길이었다. 더구나 그때 나는 이미 땀방울의 가치를 알고 있었다. 이때껏 나를 지켜주었고 앞으로도 나를 배신하지 않을 땀방울들은 나의 든든한 자산이었다. 그 덕분인지 앞으로 어떤 어려움이 펼쳐지든 그 상황을 이겨내고 최고가 될 자신감이 있었다. 20살이란 바로 그런 나이 아니던가. '앞으로 나는 어떤 선수가 될까?' 새로운 도전을 앞둔 내 가슴은 그동안 느껴보지 못했던 설렘으로 가득 차 있었다.

드래프트
프로구단들이 신인선수를 나누어 뽑는 방식을 말한다. 구단들끼리 순서를 정해 그해 졸업하거나 제대하는 신인들을 '지명'하고, 지명을 받은 선수는 그 구단과 독점적으로 입단 협상을 벌인다. 선수들은 조건이 마음에 들지 않으면 입단하지 않을 자유가 있지만 다른 구단과 협상할 수는 없다. 팀들 사이의 전력을 평준화하고 몸값이 지나치게 오르는 것을 막기 위해서인데, 엄밀히 말하면 구단들 간의 담합행위라고 할 수 있다.
전통적으로 드래프트Draft는 각 팀이 연고지 내의 선수를 독점적으로 선택하는 1차 지명과 1차 지명에서 연고팀의 선택을 받지 못한 선수들을 대상으로 모든 팀이 뛰어들어 그해 성적의 역순으로 지명하는 2차 지명으로 나뉘어 진행되어왔다. 1985년까지는 연고지 내의 선수들을 무제한으로 지명할 수 있었기 때문에 2차 지명은 큰 의미가 없었다. 그리고 그런 과정을 통해 같은 지역 출신의 유망주들은 모두 같은 팀으로 모였기 때문에 프로야구가 지역대항전의 성격을 가졌다. 이 제도는 각 지역의 팬들에게 소속감을 부여함으로써 야구장으로 모이고 소리쳐 응원하는 행동까지 끌어내며 조기에 안착하도록 하는 데 기여하기도 했다. 하지만 1986년에는 10명, 1987년부터는 3명, 다시 1990년부터는 2명 혹은 1명으로 1차 지명권의 수를 제한함으로써 2차 지명을 통해 다른 지역의 팀으로 입단하는 선수들의 수가 점차 늘게 되었다. 그리고 2009년 이후로는 1차 지명 자체가 폐지와 부활을 반복하고 있다. 야구 명문으로 불리는 학교들은 한정되어 있고 연고지 안에 그런 학교들을 얼마나 보유하고 있느냐에 따라 프로팀의 전력차가 너무 심해졌기 때문이다.

신인지명 과정에서 구단들의 관심은 당연히 '누구를 먼저 찍어야 하는가'에 집중된다. 그리고 그렇게 '찍히는' 순번에 따라 전체 프로지망생들에게는 순위가 매겨지게 되고, 그 순위는 그대로 계약금과 연봉 그리고 출전기회 차이로 직결된다. 하지만 실제로 뚜껑을 열어보면 애초 예상과는 달리 낮은 순번으로 지명된 선수가 상위 순번 지명자들을 앞지르고 먼저 스타플레이어로 성장하기도 하고, 반대로 특급 유망주로 꼽혔던 선수가 별다른 성적을 내지 못한 채 사라지는 경우도 종종 있다.

타자 한번 해볼래?

이제는 널리 알려진 이야기지만, 나는 롯데 자이언츠에 입단할 때만 해도 타자가 아닌 투수였다. "야구는 투수 놀음"이라는 말이 보여주듯이 좋은 투수는 늘 부족한 데다가, 그 무렵 롯데 자이언츠의 팀 사정상 투수 부족 문제가 심각했기 때문이다. 나는 고등학교 3학년 때 주요 대회에 투수로 자주 등판해 괜찮은 성적을 냈다. 구단에서는 내가 키나 몸집이 워낙 크다 보니 체계적으로 훈련하면 구속이 더 빨라질 것이라고 판단해 나를 투수로 지명했다. 보통 야구인들은 몸집이 크면 선수 수명도 길고 발전 가능성도 높다고 보는데, 그 덕을 본 것이다.

하지만 사실 나는 고등학생 시절에도 투수보다는 타자로서의 성적이 더 좋았다. 2000년 에드먼턴 세계청소년야구 선수권대회에 나갔을 때도 투수로는 부산고의 추신수뿐 아니라 대구상고의 이정호, 경기고의 이동현 같은 친구들이 나보다 훨씬 좋은 공을 던졌다. 하지만 타자로서는 홈런 3개를 때려내고 타율 5할을 기록한 나의 성적이 가장 좋았다. 그때 한국 청소년 대표팀의 4번 타자를 맡은 것도 나였다.

처음 투수가 된 것도 내 선택은 아니었다. 초등학생 시절에는 야구부에 피칭머신이 없어서 훈련 때마다 돌아가면서 배팅볼을 던졌는데, 많은 친구가 내 공을 좋아했던 것이 계기였다. 경기가 많지 않던 초등학생 시절에는 한 명의 투수가 대부분의 경기에서 공을 던졌는데, 우리 팀에서는 신수가 그 역할을 했다. 하지만 가끔 신수가 못 뛰거나 쉬어야 할 때도 있었기 때문에 나도 조금씩 투수 훈련을 받기 시작했다. 그러다가 크게 중요하지 않은 순간에 몇 번 등판하기 시작했는데, 나이를 먹으면서 구속이 빨라지고 경기 운영도 조금씩 나아지니 고등학생 무렵에는 팀의 중심 투수로 올라서게 되었다.

하지만 그 무렵부터 나는 스스로 투수로는 크게 성공하기 어려울지도 모르겠다고 느꼈다. 초등학생 시절 어깨에 작은 부상을 당했는데, 그 뒤로도 가끔 통증이 되살아나 말썽을 일으켰기 때문이다. 평소에는 괜찮다가도 공을 던질 때 한 번씩 통증이 왔는데, 정확한 원인을 모르니 그저 며칠 내버려두면 다시 괜찮아지곤 했다. 큰 문제가 생긴 적은 없었지만 공을 던질 때마다 막연한 불안감을 느꼈다. 주변에서 기대했던 것보다 구속이 더 빨라지지 못했던 이유도 내가 공을 던질 때마다 일말의 불안감 때문에 전력을 다 쏟아붓지 못했기 때문인지도 모른다.

입단 후 처음 참가했던 전지훈련에서 이 문제가 다시 불거졌다. 전지훈련이 시작되자 나의 가치와 능력을 지도자와 선배들에게 과시하고 싶은 욕심이 자연스럽게 고개를 들었다. 프로 선수가 돼서 처음 경험하는 전지훈련이었고, 1차 지명자인 신수가 미국으로 떠나는 바람에 내가 그해 신인 중 가장 많은 계약금을 받고 들어온 선수가 되었기 때문이다. 그런 욕심에 조금이라도 더 빠른 공을 던지려고 무리한 것이 문제였다. 어느 날 갑자기 어깨에 통증이 느껴지기 시작했지만, "아파서 훈련을 못 하겠다"라는 말이 차마 입 밖으로 나오지 않아 그냥 참고 공을 던지는 어리석은 짓을 하고 말았다.

코치님들도 고개를 갸웃거렸다. 고등학교 3학년 때만 해도 구속이 시속 145킬로미터 이상도 나왔는데, 그 무렵엔 꽤 투구폼을 다듬으며 애를 쓰는데도 좀처럼 140킬로미터를 넘기지 못했다. 투수 코치님들이 투구폼을 여러모로 분석하고 몇 가지 변화를 가져보도록 권하기도 했지만 큰 효과는 없었다.

사실 많은 기대를 모으며 거액의 계약금을 받고 프로팀에 입단한 신인 투수들이 제대로 꽃을 피워보지도 못한 채 사라지는 경우가 종종 있다. 그들도 대부분은 나와 비슷한 과정을 겪는다. 주변 기대에 부응하고 싶은 욕심 때문에 사소한 문제를 감추고 자신의 능력 이상을 보여주려다가 결국 사달이 나는 것이다.

야구장 밖에서도 그런 일은 흔히 일어난다. 실제 자신의 능력보다 큰 기대에 부응하려고 발버둥 치다가 더 큰 실망을 안기고 마는 일 말이다. 게다가 사소한 문제가 드러나는 것이 부끄러워 혼자 어떻게든 해결하려다 더 큰 말썽을 일으키는 경우도 생각보다 많다.

그런 면에서 나는 굉장한 행운아였다. 어깨 문제를 고백할 용기를 내기도 전에, 엉뚱한 쪽에서 해결의 실마리가 잡히기 시작했다. 일단 충분히 휴식하면서 지켜보자는 투수 코치님의 판단에 따라 투구 훈련을 며칠 쉬기로 했다. 그렇다고 막 입단한 신인 선수가 스프링캠프에서 마냥 놀 수는 없었다. 나는 기초체력 훈련에 전념하면서 수비나 작전처럼 어깨를 쓰지 않는 훈련을 소화했다. 그러던 어느 날, 시험 삼아 타격 연습에 참가하게 되었는데 그때 15개의 공을 때려서 그중 12개를 담장 너머로 날려버리는 '사고'를 치고 말았다.

그 모습을 지켜보던 당시 우용득 2군 감독님의 눈빛이 '반짝' 빛났다. 우용득 감독님은 삼성 라이온즈에서 감독으로 계실 때도 막 고등학교를 졸업하고 입단한 경북고 출신의 신인 투수 이승엽을 타자로 전향시켜 한국 프로야구 역사상 최고의 홈런왕으로 키워낸 분이었다. 우용득 감독님이 연습 타격을 마치고 내려오는 나에게 다가와서 "타자 한번 해보지 않겠느냐"라고 하시던 순간은, 나의 야구 인생에서 전학생 추신수와의 만남 이후 가장 결정적인 장면이었다. 그때 내 마음을 정확히 표현할 수 있는 말이 있다면 '불감청고소원'(不敢請固所願, 감히 청하지는 못하나 원래부터 몹시 바라던 바임)일 것이다. 내심 어깨 문제로 냉가슴을 끙끙 앓던 나로서는 두 번 생각할 필요도 없는 고맙고 반가운 제안이었다.

사실 나는 프로 무대에서 투수보다 타자로 뛰고 싶은 마음이 더 강했다. 고등학생 때까지는 투수도 타격을 하기 때문에 '투수 겸 4번 타자'가 팀을 이끄는 경우가 많다. 부산고에서는 추신수가 투수 겸 4번 타자였고, 경남고에서는 내가 그랬다. 하지만 프로야구에서는 투수와 타자의 영역이 뚜렷이 나뉘고, 한국 프로야구는 지명타자제도를 도입하고 있기 때문에 투수는 타격 기회 자체가 거의 없다. 따라서 프로야구 선수는 투수와 타자 중 한 쪽을 선택해야 하는데, 둘 다 잘할 수 있는 선수라면 투수 쪽으로 먼저 도전해보는 분위기가 강했다. 하지만 내 생각은 달랐다. 타자는 매일 경기에 나설 수 있지만, 투수는 그렇지 않기 때문이다.

시즌 중에는 거의 매일 경기가 있는 프로야구 리그에서 선발투수는 한번 경기에 나서면 최소 4일 이상을 쉬어야 하며 한 경기에 1이닝 정도를 짧게 던지는 불펜투수라도 서너 경기를 연속으로 출전하기는 쉽지 않다. 하지만 타자는 주전선수만 되면 매일 적어도 네 번씩은 타석에 설 수 있고, 수비수로서는 매 이닝마다 활약할 기회가 있다. 나는 야구 선수가 된 이상 더 오래 그라운드 위에 있고 싶었다. 그런 점에서 투수보다는 타자가 되는 것이, 나로서는 훨씬 매력적이었다.

하지만 내가 타자를 원하고, 우용득 감독님이 나의 선택을 지지한다는 사실만으로는 충분하지 않았다. 나를 투수로 영입하면 좋겠다는 의견을 구단에 제시한 양상문, 윤학길 두 투수코치님이 나를 관리하는 책임자이셨기 때문이다.

구단도 그렇지만 나 역시 두 분의 의견을 무시하고 내 생각만 앞세울 수는 없는 형편이었다. 두 코치님은 나를 타자로 전향시키자는 우용득 감독님의 의견에 절대 안 된다고 펄쩍 뛰셨다. 그리고 역시 투수코치 출신인 당시 김명성 1군 감독님도 우용득 감독님과 생각이 달랐다. '조금 더 시간을 가지고 노력하면 충분히 투수로 성공할 수 있는데, 왜 섣불리 결정하려고 하느냐'는 것이 그분의 생각이었다. 그분들은 내가 첫 훈련 때부터 투수로 성과를 보여드리지 못하니 조바심 때문에 무리하게 변화를 시도하는 게 아닌가 걱정하셨다.

그래서 한동안은 투수 훈련과 타자 훈련을 병행하면서 여러 가능성을 모색해보기로 했다. 하지만 그 순간, 결과는 이미 정해진 것이나 마찬가지였다. 그 뒤로도 투수로서는 인상적인 모습을 보여드리지 못했던 반면, 타자로서는 기대 이상의 힘을 과시했기 때문이다. 자연스럽게 나는 첫 시즌부터 타자로 출전하기 시작했다. 첫 해에는 주로 2군에 머물렀고, 1군에 처음 올라간 것은 시즌 막바지인 9월 19일이었다. 외국인 타자 펠릭스 호세가 삼성 투수 배영수 선배의 공에 흥분을 참지 못하고 주먹을 휘두른 끝에 출장 정지를 당해 대체자가 필요했기 때문이다.

처음 1군 무대를 밟은 뒤에도 1군과 2군을 몇 차례 오갔다. 그해 내가 1군에서 출장한 경기는 6경기뿐이었고, 대부분 대타로 기용되었기 때문에 타석에 선 것도 8번에 불과했다. 그중 4번의 안타를 때려내 타율로만 따지면 5할이긴 했지만 말이다.

여담이지만, 내가 프로야구 무대에서 투수로 첫 등판한 것은 그로부터 무려 21년이 흐른 뒤인 2022년 10월 8일이었다. 그 시즌 롯데 자이언츠의 마지막 경기이자 나의 프로 선수 인생 마지막 경기이기도 했던 그날, 3대 2로 이기고 있던 8회 초에 나는 팀의 네 번째 투수로 사직야구장 마운드에 섰다. 그리고 상대 팀 LG 트윈스의 유지현 감독님은 마무리투수인 고우석을 대타로 기용해 나와 승부를 겨룰 수 있도록 배려해주셨다.

나는 처음이자 마지막이었던 등판 기회에서 망신만은 면하자는 마음으로 스트라이크존 가운데를 향해 공을 던졌다. 전광판에는 시속 129킬로미터의 구속이 찍혔다. 기분이 나쁘지 않았다. 타자가 타자인지라 삼진 아니면 볼넷이라는 생각으로 포수의 미트만 보고 공을 던졌는데, 고우석이 네 번째 공을 힘껏 때려 배트 중심에 맞히는 바람에 안타를 맞을 뻔하기도 했다. 다행히 반사적으로 뻗은 내 글러브에 공이 잡히면서 투수 땅볼로 기록됐다. 그날로 나의 프로 통산 평균자책점은 0.00이 되었다. 혹시 그 타구가 안타가 되고 그렇게 내보낸 주자가 홈까지 들어왔다면 평균자책점 '무한대'의 투수로 남을 뻔할 아찔한 순간이었다.

나는 그것으로 임무를 마치고 구승민에게 마운드를 넘겼는데, 승민이에 이어 마무리 투수 (김)원중이까지 무실점으로 잘 막아준 덕분에 우리 팀은 64승을 거두며 시즌을 기분 좋게 마무리했다. 나에게는 상상도 못했던 통산 '1 홀드' 기록까지 주어졌다. 은퇴 경기에서 받은 생각지도 못한 선물이었다.

나중에 그 경기 영상을 보면서 몇 번을 울었는지 모른다. 내가 마운드에 오를 때, spotv의 김민수 캐스터가 "경남고를 졸업한 이대호 투수가 프로 첫 등판에 나선다"라고 멘트를 해줄 때는 마치 21년 전 나의 또 다른 인생을 보는 것 같아서 눈시울이 붉어졌다. 바로 다음 순간 내가 힘차게 시속 129킬로미터짜리 강속구를 꽂아 넣는 모습을 중계하면서 "육즙이 줄줄 흐르는 등심 패스트볼"이라는 농담을 던져 나의 감회를 싸늘하게 식혀버리긴 했지만 말이다.

"경남고를 졸업한 이대호 투수가 프로 첫 등판에 나선다."

무릎을 잃고, 삶을 얻다

1992년에 롯데 자이언츠는 창단 후 두 번째 우승을 차지했다. 경남고 선배이기도 한 우리 팀의 레전드 최동원 선수가 한국시리즈에서 투혼을 발휘하여 혼자서만 4승을 거두었던 1984년 이후 8년 만의 경사였다. 그때 롯데 자이언츠 타선에는 신수의 외삼촌인 박정태 선수를 중심으로 전준호, 김응국, 김민호 등등 기라성 같은 선배님들이 즐비했고 마운드에서는 염종석, 윤학길, 박동희 같은 선배님들이 큰 활약을 했다. 부산이 일 년 내내 야구 열기로 들썩였다.

내가 본격적으로 야구를 시작한 것도 바로 그해였다. 부산에 살던 남자 아이들 중 조금이라도 운동신경이 괜찮던 아이들은 거의 모두가 야구부로 달려갔던 해였으니 말이다. 나는 롯데의 전성기에 야구 열풍에 휘말려든 부산의 꼬맹이였고, 롯데 선수가 되어 어린 시절 영웅들과 같은 유니폼을 입은 '성공한 야구팬'이었다.

하지만 롯데 야구가 나를 처음 매료했던 1992년을 시작으로, 자이언츠는 조금씩 내리막길을 탔다. 마지막으로 한국시리즈를 경험한 1999년부터는 급격한 하락세를 보이더니 내가 중고등학교를 거쳐 프로 선수가 된 2000년대 초반 무렵에는 그야말로 바닥을 찍으며 이른바 '암흑기'를 맞이했다.

롯데는 한국 프로야구가 8팀으로 운영되던 1997년과 1998년에 2년 연속 꼴찌를 한 뒤 1999년과 2000년에 준우승과 4위를 하면서 다시 반등하는 듯했지만, 내가 입단하던 2001년에 다시 꼴찌로 떨어졌다. 그 후 2004년까지 4년 연속 꼴찌를 하는 불명예스러운 신기록을 세우고 말았다. 이듬해인 2005년에 시즌 막판까지 4강 싸움을 하면서 5위까지 올라갔지만 2006년과 2007년에는 다시 7위로 떨어지면서 많은 팬을 실망시켰다. 한동안 야구팬들은 7년간 롯데가 기록한 순위인 '888 8577'을 전화번호처럼 써놓고 '비밀번호'라고 부르며 조롱했다.

팀이 계속 좋지 못한 성적을 내면 선수단 운영도 그만큼 힘들어진다. 우선 성적의 총 책임자인 감독이 자주 교체되고, 감독과 함께 움직이는 코칭스태프 교체도 잦아진다. 당연히 선수들의 훈련 방식부터 일상까지 따라서 함께 흔들린다. 선수단의 움직임은 지도자의 생각과 성향에 영향을 받기 때문이다. 게다가 새롭게 팀의 지휘를 맡은 감독은 당장 성적에 대한 심한 압박감을 느껴 장기적으로는 좋지 못한 극약 처방을 내리기 쉽다. 이것이 쌓이면 악순환이 되고, 그 뒤로는 어디서부터 어떻게 손을 대야 할지조차 모를 문제점들이 점점 늘어난다.

롯데 자이언츠도 팀 성적이 하락할 무렵부터 주변에서 "마가 끼었다"라고 수군댈 만큼 어렵고 곤란한 일들이 계속 일어났다. 2000년 봄에는 팀의 주전 포수이자 타선에서도 큰 활약을 했던 임수혁 선배님이 경기 중에 쓰러져 일어나지 못했고, 2001년에는 4강 싸움이 한창이던 7월에 김명성 감독님이 갑자기 심장마비로 쓰러져 돌아가셨다. 당시 2군에 계시던 우용득 감독님이 1군 감독으로 긴급 승격되었지만, 그 이듬해까지도 성적이 좋아질 기미가 없자 결국 2002년 6월쯤 중도 해임되셨다. 그 뒤를 이어서 백인천 감독님이 롯데 자이언츠를 지휘하게 되었다.

팀 전체가 요동치던 시기에 나도 선수 인생을 바꿀 만한 몇 가지 사건을 만나게 됐다. 입단 첫 해인 2001년에는 대타로 한두 번 나서는 것이 전부였던 나는 2002년에 일약 4번 타자로 기용되는 '벼락출세'를 경험했다. 나의 가능성을 높이 평가했던 우용득 감독님이 1군 지휘를 맡으셨기에 가능한 일이었다. 부담은 있었지만 타석에서 겁

없이 배트를 휘두를 수 있었던 것은 감독님의 굳건한 믿음과 격려 덕분이었다. 우용득 감독님은 내가 훌륭한 타자로 성장할 것이라는 믿음을 가지고 계셨고, 미심쩍어하는 나에게도 확신을 심어주려고 노력하셨다. 그 덕에 나는 주변의 걱정과 달리 시즌 초 3할대 중반의 타율을 유지하면서, 서서히 프로 선수로서 자리를 잡는 듯 싶었다.

정말 내 실력이 시즌 내내 '3할 타율'을 유지할 만큼 올라선 것은 아니었기 때문에, 다른 팀 투수들이 나의 강점과 약점을 파악하기 시작하면서 무안타로 끝내는 경기들이 점점 늘어났다. 하지만 나도 상대 투수들의 특징을 조금씩 파악하며 적응하고 있었고, 이대로 경험을 쌓아가면 언젠가는 매 시즌 내내 팀의 중심타선을 지키는 선수가 될 수 있을 것이라는 자신감도 조금씩 자라났다.

그런데 그해 시즌 중에 팀이 15연패를 당했고, 우용득 감독님이 그에 대한 책임을 지고 중도에 물러나셨다. 한창 악재들이 쌓여가던 롯데의 감독 자리를 이어받은 것은 당대의 '명장'으로 유명했던 백인천 감독님이었다.

우용득 감독님 못지않은 타격 전문가인 백인천 감독님도, 타자로서의 내 가능성을 높이 평가해주셨다. 내가 가진 파워와 스윙 메커니즘에 흥미를 보이셨고, 훌륭한 타자가 될 잠재력이 있다고 말씀하셨다. 하지만 그분이 보시기에 내게는 아주 큰 결점이 하나 있었는데, 바로 몸이 너무 무겁다는 점이었다. 백인천 감독님은 간결한 스윙으로 강한 임팩트를 만들어야 한다고 늘 강조하셨는데, 그런 타격 이론을 제대로 구현하는 데 체중이 걸림돌이라고 생각하셨다. 그래서 그분은 근력운동으로 체중을 줄이고 근육량을 늘리면 타자로서 진일보할 수 있다는 진단과 처방을 내리셨다.

그해 전반기를 마치고 올스타전 휴식기를 맞았을 때, 감독님은 본격적으로 몸 개조 작업에 돌입했다. 나처럼 덩치가 컸던 입단 동기 최준석도 대상이었다. 나와 준석이는 감독님의 지시와 감시를 받으며 토끼뜀과 오리걸음으로 사직야구장 그라운드를 돌았다. 체중을 줄이는 동시에 하체 근력을 강화하는 특별 맞춤식 강훈련이었다.

하지만 두 가지 문제가 있었다. 하나는 나와 준석이 모두 무릎 관절만으로 지탱하기에는 이미 체중이 너무 많이 나간다는 점이었고, 다른 하나는 감독님이 지시한 운동량이 너무 많았다는 점이었다. 쪼그려 앉는 것조차 불편했던 나와 준석이의 무릎은 얼마 지나지 않아 고장이 나고 말았다. 나는 무릎 수술을 받아야 했고, 준석이는 간신히 수술은 면했지만 나와 함께 재활훈련을 받게 되는 엉뚱한 결과가 나타났다.

방법 자체가 아주 잘못된 것은 아니었다. 간결한 스윙으로 임팩트를 만든다는 타격 이론은 내게도 유효했다. 체중을 줄이고 근육량을 늘릴 필요가 있는 것도 사실이었다. 토끼뜀과 오리걸음은 백인천 감독님이 선수 시절 몸소 경험한 방법이었고, 지도자로서도 선배 선수들에게 적용해 효과를 본 방법이었다. 그 방법으로 강한 스윙을 완성한 감독님은 일본 프로야구에서 타격왕까지 올랐고, 한국 프로야구 원년에 4할 타율을 달성한 타격의 달인이셨다. 감독으로서는 LG 트윈스에서 창단 첫해에 우승을 경험했고 삼성 라이온스에서도 성공적인 팀 리빌딩을 이끌었던 '명장'이었다. 하지만 이번에는 감독님이 선수마다 몸이 다 다르다는 사실을, 특히 나나 준석이의 몸은 감독님의 젊은 시절 몸과는 많이 다르다는 사실을 가볍게 생각하신 것 같았다.

처음 감독님의 지시에 따라 쪼그려 앉은 채 걸음을 뗄 때부터 심상치 않은 느낌이 들었다. 하지만 나와 준석이는 신인, 더구나 꼴찌 팀의 후보 선수였다. 감히 우리 의견을 말하기도 어려울뿐더러 훈련이 힘들어 핑계 대는 것처럼 보일까 봐 말을 꺼내는 것 자체도 영 내키지 않았다. 그래서 감독님의 지시에 묵묵히 따르다가 결국 무리를 한 것이다. 훈련을 시작할 때 나의 체중은 105킬로그램이었고, 감독님이 제시한 목표는 100킬로그램이었다. 5킬로그램을 줄이려고 시작한 훈련이었지만 오히려 무릎 수술 후, 운동량이 급격히 떨어져 순식간에 130킬로그램까지 불어버리고 말았다.

이제 막 타자로 가능성을 보여주기 시작하려던 찰나에 주저앉아 버린 그때 내 마음을 어떻게 표현할 수 있을까? 우울하고, 답답하고, 억울하기도 했지만 두려움이 더 크게 몰려왔다. 혹시라도 이대로 선수 인생이 끝나는 것은 아닐까? 다시 돌아간다고 해도 도저히 극복할 수 없는 치명적인 약점이 생기는 것은 아닐까? 이미 어깨 문제 때문에 투수의 길을 접고 타자로 전향했는데 오히려 진퇴양난의 상황에 빠진 것은 아닌지 걱정이 되어 밤에 누워도 잠이 잘 오지 않을 정도였다.

감독님께서 당신의 지식과 경험을 총동원해 나를 더욱 성장시키기 위해 하신 일이라는 점을 분명히 이해하고 있었기에 더 답답했다. 그렇게 나는 한창 경험을 쌓고 기술을 발전시켜야 할 귀한 시간을 제대로 걷지도 못한 채 흘려보내고 있었다.

영양가 있는 타자가 되려면

수술과 재활을 마치고, 어느 정도 기초체력을 기른 뒤 다시 야구장으로 돌아오는 데 대략 1년이 걸렸다. 최대한 빨리 야구장으로 돌아가고 싶은 절실한 마음에 병상에서도 배트를 쥐었고, 서서히 움직일 수 있게 되면서부터는 부지런히 배트를 휘두르며 복귀를 준비했다. 하지만 실제 경기처럼 투수의 공을 상대하는 감각까지 유지할 수는 없었다. 복귀한 뒤에도 안타를 때려내는 일이 점점 더 어렵게 느껴졌다. 2003년 6월 무렵부터 다시 1군 경기에 나섰지만, 타율은 2할 5푼에도 미치지 못했고, 그 타율로는 또다시 최하위를 기록 중이던 팀 성적에 별다른 도움이 되지도 않았다.

그러는 사이에 또다시 감독님이 바뀌었다. 시즌 내내 팀 승률이 3할에도 미치지 못한 책임을 물어 8월에 백인천 감독님이 해임되었고, 김용철 수석코치님이 감독대행으로 잠시 지휘를 맡다가 2003년 시즌이 끝나기 직전, 양상문 감독님이 지휘권을 이어받았다. 팀에 별 보탬이 되지 못하는 선수로서, 팀의 성적 부진 때문에 한 해 중에도 몇 번이나 감독이 해임되는 모습을 지켜보는 것은 정말 괴로운 일이었다.

어려운 상황에서 지휘를 맡은 양상문 감독님 역시 코치로서 그런 상황을 모두 지켜보았고, 막 40대로 접어든 젊은 나이에 1군 감독을 맡았으니 압박감이 굉장했을 것이다. 하지만 감독님은 선수들에게 그런 내색을 거의 하지 않으셨고, 스스로도 여유를 잃지 않으려고 애쓰셨다. 감독님은 당장 한 경기의 승리보다는 점점 더 강한 팀이 되는 데 목표를 두자고 자주 말씀하셨다. 실제로 나를 포함해 강민호, 박기혁처럼 당장은 팀에 큰 도움이 되지 않는 신인급 선수들을 꾸준히 기용하면서 기회를 주셨다.

그 덕분에 나는 2004년에 처음으로 한 시즌 내내 1군에 머물며 전 경기에 출전했다. 그해 나의 타율은 .248에 불과했는데, 그나마 약간 주목받았던 것은 높지 않은 타율에도 20개의 홈런을 기록한 덕분이었다. 많은 사람이 이를 두고 '공갈포'라고 비웃었다. 홈런은 많아도 타율이 낮은 선수에게 흔히 따라붙는 조롱 섞인 별명인데, 어

2004년 시즌, 홈런을 치고 들어오는 모습

느 정도는 사실이었으니 마음에 들지는 않아도 어쩔 수가 없었다.

하지만 야구 선배님 중에는 "타고난 힘이 좋고 스윙이 부드럽기 때문에, 선구안과 승부 요령이 개선되면 좋은 타자로 발전할 가능성이 있다"라는 긍정적인 평가를 해주는 분들도 있었다. 그중에서도 한국 프로야구 역사상 최고의 통산 타율 기록을 가진 '타격의 달인' 고 장효조 감독님이 나를 두고 "최고의 타자가 될 자질이 있다"라고 평가하셨다는 이야기를 전해 듣고는 큰 용기를 얻었다. 워낙 대단한 분의 말씀이라 그렇기도 했지만, 나를 직접 지도하신 적이 없는데도 주의 깊게 살피시고 장점을 일러주신 점이 정말 감사했다. 나는 그 말씀을 가슴에 깊이 새기면서 스스로의 발전 가능성을 믿으려고 애썼고, 기대에 보답하기 위해 시즌 후에도 연습량을 늘리면서 칼을 갈았다.

이듬해인 2005년에도 나는 양상문 감독님의 전폭적인 믿음과 배려 속에서 시즌 전 경기에 출전했고, 약간이나마 발전한 모습을 보일 수 있었다. 타율도 아주 만족스럽지는 않았지만 .266으로 조금 올랐고 홈런도 1개 늘어난 21개를 때려냈다. 그해에 가장 만족스러웠던 기록은 80개의 타점이었다. 나는 이 성적으로 타점 부문 5위에 이름을 올렸다.

나는 몸집이 큰 만큼 발이 느려 병살타가 많다. 신인 시절부터 홈런을 곧잘 치면서도 '영양가 없는 타자'라는 평가를 받은 이유도 이

것이었다. 그런데 타점을 늘리면서 '발은 느리지만 점수를 많이 내는 타자'로 평가가 조금 바뀌었다.

주전으로 선발 라인업에 계속 오르면서 기대만큼의 성적을 내지 못하면, '더 잘할 수 있는 선수의 기회를 빼앗는다'는 점에서 더욱 따가운 시선을 받는다. 그 무렵 나 같은 신인급 선수들은 부족한 성적에도 불구하고 종종 선발 라인업에 올랐다. 이미 큰 활약을 펼쳤던 베테랑 선배님들의 출전 기회를 '가능성'이라는 이름으로 양보받은 것이었다.

팬들에게는 당장 더 좋은 성적을 낼 가능성이 높은 데다가 좀처럼 실수도 하지 않는 베테랑 선수들이 신인들에게 밀려 경기에 나서지 못하는 상황이 많아지면 불만이 생길 수 있다. 그래서 능력 이상의 기회를 받고 있다는 느낌이 신인급 선수들에게 마냥 영광스럽지만은 않으며 오히려 상당한 압박감을 준다. 그나마 '마이너스보다는 플러스가 큰' 선수라는 평가를 받은 일은 내 마음을 짓누르던 스트레스를 큰 폭으로 줄여주었다. 그런 점에서 타점은 홈런과는 또 다른 의미로 값진 기록이었고, 뜻대로 성적이 나지 않아 불안했던 나에게 큰 위로와 안정감을 주었다.

시궁쥐도 다람쥐처럼

선수 인생 중에 가장 큰 전환점을 만난 곳은 야구장이 아닌 경상남도 양산의 어느 산속이었다. 나에게 산에 오르라고 처음 권해준 분은 양상문 감독님이었다. 감독님은 나의 가능성을 알아보시고 일찍부터 많은 출전 기회를 허락하셨을 뿐 아니라, 경기장 밖에서도 나의 성장을 위한 조언과 도움을 아끼지 않으셨다. 2005년 시즌이 마무리된 뒤 양상문 감독님은 나를 따로 불러 말씀하셨다. 시즌 후에 머리도 식힐 겸 한동안 산에 머물면 어떻겠냐는 것이었다. 산을 오르면서 수술 후유증이 남아 있는 몸도 다듬고 머릿속을 떠다니는 생각도 정리해보라는 말씀이셨다. 산에 대해 잘 알지도 못했고 특별히 산을 좋아하는 편도 아니었지만, 나는 감독님만 믿고 그 말씀에 따르기로 했다. 그래서 시즌이 마무리되자마자 양산에 있는 통도사로 들어갔고, 그곳에서 두 달간 머물렀다.

통도사는 낙동강과 동해가 보이는 양산의 영축산 깊은 곳에 있는데, 신라 시대에 지어진 아주 오래된 절이다. 그래서인지 드나드는 길도 고풍스럽고, 사찰 경내에도 오래된 목조 건물이 많았다. 산과 물, 오래된 건물이 깊게 품어주는 듯한 편안한 느낌이 좋았다. 그곳에서 맑은 하늘과 산, 세월의 흔적이 느껴지듯 닳고 닳은 법당의 나무 기둥만 보고 있어도 마음이 차분하게 가라앉았다. 도시와 야구장에서 정신없이 빠르게 움직이던 시곗바늘도 그곳에서는 스님의 몸짓만큼이나 느긋하게 느껴졌다. 긴 하루 동안 나는 야구, 사람들 그리고 나의 과거와 미래에 대해 이런저런 생각을 떠올렸다.

나는 매일 아침 일찍 밥을 챙겨 먹은 다음 통도사를 출발해 영축산을 한 바퀴 돌아서 돌아오곤 했다. 내가 즐겨 오르내렸던 길은 보통 건강한 성인 남자가 빠른 걸음으로 걸어도 4시간이 훌쩍 넘는 코스였다. 이미 겨울로 접어드는 산속 날씨는 꽤 싸늘했지만 산길을 걷다 보면 온몸이 땀으로 흠뻑 젖었다. 야구장에서도 늘 흘리는 땀이었지만 깊은 산속에서 흘리는 땀은 좀 달랐다. 맑은 공기를 마시면서 땀을 쏟아내고 나면, 몸이 좀 더 가뿐해지는 기분이 들어 신기했다.

무엇보다 산을 타면서 점점 무릎이 가벼워졌다. 부상으로 수술을 받은 경험이 있는 운동선수들은 누구나 공감하겠지만, 수술 부위에 언제라도 통증이 재발할 수 있다는 두려움은 쉽게 떨치기 힘들다. 나 역시 수술을 받은 후에 한 번씩 무릎에 가벼운 통증이 느껴졌다. 그때문에 하체에 힘을 싣기가 부담스러워져서 애써 익혀두었던 자세들이 흐트러지기도 했다.

매일 산을 오르내리면서 온몸에 근육통이 생기고 발바닥에는 물집이 잡혔지만, 신기할 정도로 무릎은 가벼워지고 주변 근육에도 자연스럽게 힘이 붙었다. 근육과 관절에 힘이 붙고 자신감까지 더해지면서 발걸음도 점점 더 가벼워지고 빨라졌다. 처음에는 4시간 넘게 걸리던 코스를 나중에는 2시간 만에 주파할 정도였다. 몸의 변화를 따라 미래에 대한 불안감도 말끔하게 걷히기 시작했다. 나중에 산에서 내려와 체중을 재어보니 115킬로그램이었다. 수술을 받은 뒤 한창 불어났던 시점으로 따지면 약 16킬로그램을 감량한 셈이었다. 오리걸음으로도 만들지 못했던 강한 하체와 날렵한 몸을 깊은 산속 절에서 만든 것이다.

하지만 그곳에서도 나를 괴롭히는 것이 하나 있었다. 살생을 하지 않는 스님들이 생활하시는 곳이어서 그랬는지, 내가 묵던 암자에 쥐들이 득실거렸다. 쥐가 얼마나 많던지 밤이면 천장 위에서 쥐들이 뛰어다니는 소리 때문에 잠을 이루지 못할 지경이었다. 한번 뛰기 시작하면 한꺼번에 이쪽 끝에서 저쪽 끝으로 우르르르 몰려다니니 자칫 천장에 구멍이라도 뚫리면 내 얼굴 위로 쥐 떼가 쏟아지는 게 아닌가 하는 걱정이 들 정도였다.

하루는 암자를 관리하는 스님을 찾아가서 천장 위에서 쥐들이 뛰어다니는 소리 때문에 도무지 잠을 이루기 어려우니, 쥐를 쫓아내는 약이라도 좀 사다 놓으면 안 되겠느냐고 말씀드렸다. 그런데 스님이 빙긋 웃으시더니 이렇게 말씀하시는 것이 아닌가.

"그러셨습니까? 그럼 오늘 밤에는 주무실 때 이렇게 한번 생각해보십시오. 저 쥐들은 내가 기르는 애완동물이다. 내가 기르는 애완동물들이 잘 먹고 건강해서 신나게 뛰어노는 소리다. 이렇게 한번 생각을 해보십시오."

하도 진지하게 말씀을 하셔서 뭐라고 더 대꾸를 하지는 못했지만, 좀 김이 빠졌다. 쥐를 쫓아주기 어려우니 아무 말씀이나 둘러대시는 게 뻔하다는 생각도 들었다. 개나 고양이도 아니고 쥐를 기른다는 생각 자체도 징그럽지만, 애완동물이라고 생각한들 뛰어다니는 소리가 사라지는 것은 아니었다.

쥐들은 그날 밤에도 운동회를 연 것처럼 신나게 뛰어다녔다. 한번 거슬린다고 생각하기 시작하니 소리가 점점 더 생생해졌다. 심지어 발소리만으로 몇 마리가 어떻게 어울려서 뛰고 있는지 그려질 지경이었다. 어떤 때는 뛰기만 하는 게 아니라 뒤엉켜서 싸움을 하는지 장난을 치는지, 우당탕 하고 구르는 소리도 나고 찍찍 하고 비명을 지르는 소리도 들렸다. 그렇게 한참 잠을 설치다가, 낮에 스님께서 하셨던 이야기가 생각났다. 나는 속는 셈 치고 상상의 나래를 펼쳐보기로 했다.

'지금 저 위에서 뛰는 건 징그럽게 생긴 시궁쥐가 아니라 예쁜 다람쥐다. 발소리가 좀 요란하긴 하지만 팔뚝만 한 쥐가 아니라 손바닥만 한 귀여운 것들이다. 내가 며칠 전에 산에 오르다가 길에 쓰러져 있는 다람쥐 일가족을 발견해서 데려왔다. 도토리를 잘게 빻아서 먹이며 키우다 보니 이젠 건강해져서 신나게들 뛰어놀고 있다…'

멋대로 상상을 한참 하다 보니 눈앞에 정말 귀여운 다람쥐 일가족이 생생하게 떠올랐다. 그 다람쥐들은 내가 도토리 몇 알을 손바닥 위에 쥐고 부르자 쪼르르 달려오기도 하고 내 손을 타고 어깨에 올라와서 놀기도 했다. 그러자 신기하게도 지붕 위에서 '우다다다' 하고 달리는 쥐 떼의 발자국 소리가 여전히 요란한데도, 확실히 덜 거슬렸다.

그날 나는 다람쥐와 노는 꿈을 꾸며 꿀처럼 달콤한 잠을 잤고, 다음 날 아침 개운하게 기지개를 켜며 눈을 떴다. 그리고 스님의 말씀이 떠오르면서, 모든 일이 마음먹은 대로 되는 것은 아니지만 어떤 일이든 마음먹은 대로 받아들일 수는 있구나 하는 생각이 쿵 하고 머릿속에 내려앉았다. 어떤 일이든 관점만 조금 바꾸면 한 가지 경험에서도 많은 것을 배울 수 있겠다는 생각이 들었다.

그날은 산을 오르면서 지난 몇 년 간의 일들을 차례차례 떠올려 보았다. 중고등학생 때 야구부 회비를 내지 못하면서도 꼬박꼬박 경기에 출전하는 나를 못마땅하게 생각하던 학부모님들, 나를 힘들게 했던 선배나 지도자들, 무릎 부상을 당했던 순간… 가슴 한구석에 담아두었던 일들이 하나하나 떠올랐다. 분명 가슴 아픈 일들이었지만 그 일들이 없었다면 이렇게 성장하여 오늘까지 이를 수 있었을까 하는 생각이 들었다.

그 뒤로도 시간이 날 때마다, 뭔가 풀리지 않는 것이 있을 때마다 산을 찾았다. 혼자 이런저런 생각을 하며 서너 시간씩 산을 타다 보면 고민하던 문제의 실마리가 찾아지곤 했다. 메이저리그 4할 타율의 전설적인 타자 테드 윌리엄스는 "야구의 절반 이상은 머리로 하는 것"이라고 했다. 내 야구의 절반은 산에서 가다듬은 것이었다.

3관왕보다 더 큰 자신감

산에 다녀오면서 몸과 마음을 가다듬고 나니, 본격적으로 성적에 대한 고민이 시작되었다. '어떻게 하면 타자로서 한 단계 올라설 수 있을까?'라는 질문이 늘 머릿속을 떠다녔다. 타율을 올리면서 홈런도 더 칠 수 있는 방법이 필요했다. 주자가 있을 때는 더 효과적인 타격으로 점수를 만들어 팀에도 보탬이 되어야 했다. 그러던 어느 날 경기 중에 타석으로 향하던 나에게 김무관 타격코치님이 한마디하셨다.

"대호야, 저기 1루와 2루 사이를 봐라. 중견수와 우익수 사이도 봐라. 빈 공간이 넓지 않냐. 거기로 타구를 보내면 쉽게 안타를 만들

수 있다. 굳이 힘껏 당겨 쳐야 안타가 되는 게 아니다."

어떻게 보면 당연한 이야기였지만 코치님 말씀을 듣고 바라보니 새삼 야구장 우측 공간이 황량할 정도로 넓게 느껴졌다. 원래도 우측은 야수들의 간격이 넓지만, 워낙 당겨 치는 내 스타일을 아는 상대 수비수들이 좌측에 더욱 몰려 있었기 때문이다.

그 타석에서 마침 바깥쪽으로 들어오는 공이 날아왔다. 내가 어떤 코스의 공이든 당겨 친다는 사실을 간파한 포수와 투수의 노림수였다. 바깥쪽 공을 당겨 치면 유격수 쪽으로 향하는 땅볼이 되기 쉽다. 그렇게 되면 발이 느린 나를 잡기도 수월할 터였다. 하지만 나는 그 공을 배트 중심에 '툭' 맞혔고, 타구는 2루수와 1루수 사이를 깔끔하게 꿰뚫는 안타가 됐다. 마침 2루에 있던 주자를 편안히 홈으로 불러들이면서 타점도 기록했다.

사실 타율을 올리는 방법은 간단하다. 당겨 치겠다는 욕심을 버리고, 수비수들이 넓게 벌려 선 우측 공간으로 공을 밀면 된다. 그 다음 타석에서도, 또 그 다음 경기에서도 나는 타구의 방향을 바꾸어 손쉽게 안타를 만들었다.

나의 타격 스탠스와 타구 방향이 바뀌자 극단적 좌측 시프트를 펼치던 상대 수비수들의 위치도 바뀌었다. 하지만 이번에는 좌측 공간이 넓어진 만큼 좌전 안타가 늘어났다. 상대 투수와 수비수들의 계획된 함정에 걸리는 경우가 줄었고, 타율이 그만큼 올라갔다.

더욱 신기한 것은 간결하게 배트를 휘두르면서 오히려 타구의 비거리가 늘어나, 나도 모르게 홈런이 나왔다는 점이다. 우중간을 향해 '결대로' 치려는 마음가짐 때문에 불필요한 힘이 빠지고, 좀 더 유연한 스윙이 나왔다. 신인 시절 우용득 감독님이 해주셨던 말씀이 다시 떠올랐다.

"대호야. 110미터만 날려도 홈런이다. 좌우측으로는 100미터만으로 홈런이 되기도 한다. 굳이 130미터를 날리려고 하지 마라. 무조건 세게 치려고 하지 말고 스윙만 알맞게 하면 홈런은 따라온다."

그동안 '홈런 치는 재미'에만 빠져 있었던 나의 모습이 떠올랐다. 지난 몇 년 동안 타석에서 칠 만한 공이 들어올 때마다 좌측 담장 너머로 보내기 위해 공을 힘껏 후려쳤다. 하지만 빗맞은 공은 아무리 힘이 좋은 내가 있는 힘을 다해서 휘둘러도 담장을 넘어가지 않았다. 그제야 홈런이 되다 만 타구가 안타가 되는 것이 아니라 잘 맞은 안타가 홈런이 된다는 말이 '뜨끔' 하고 내 가슴에 꽂혔다.

2005년과 2006년 사이에 내 몸에 특별한 변화가 일어난 것은 아니었다. 근육량이 갑자기 늘거나 시력이 개선되지도 않았다. 그렇다고 기술적으로 큰 발전을 하거나 타격폼을 교정한 것도 아니었다. 단

2006년 시즌, 욕심을 내려놓으니 홈런이 따라왔다.

지 홈런 욕심을 버리고 타석으로 향했고, 1루와 2루 사이를 눈에 담고 배트를 들었다. 그러니 병살의 함정에 빠지지 않고 우측 짧은 안타로 타점을 올릴 수 있었다. 투 스트라이크 이후에 들어오던 높은 공에 걸려들지 않으면서 삼진이 줄었고, 볼카운트 싸움을 유리하게 가져가면서 가운데 몰리는 공을 마음껏 강타할 수 있었다.

욕심과 힘을 빼고 코스에 따라 대응하는 나의 스윙을 두고 "부드럽다"라고 표현하는 분들이 많은데, 이 '유연한 스윙'이 바로 이때부터 시작되었다. 몇 년이 지나서야 김무관 코치님과 우용득 감독님의 가르침을 정확히 이해하고 따르면서 일어난 변화였다.

이는 스스로 생각해도 놀라운 결과로 이어졌다. 2006년 시즌에 나는 곧바로 .336의 타율과 26홈런, 88타점으로 세 부문을 석권하면서 '타격 트리플크라운'을 달성했다. 장타율도 .571로 1위였으니 굳이 말하자면 타격 4관왕이었다. 안타는 149개로 2위였고, 출루율은 .409로 4위, 득점도 71개로 5위였다. 전 시즌과 비교해 타율은 무려 7푼이 올랐고 홈런도 5개가 늘었다. 특히 2루타는 10개가 늘어난 26개를 기록하면서 부문 4위에 올랐다. 2루타 성적은 그 전 시즌까지만 해도 홈런만 노리는 '모 아니면 도' 타자였던 내가 이제 '강한 안타를 때리다가 홈런도 곁들이는' 타자로 변화했음을 보여주는 수치였다.

노력으로 성과를 내본 사람은 그 짜릿함을 안다. 하지만 그 성과를 내기까지 견뎌야 하는 고통 또한 어마어마하다. 많은 노력을 기울여도 성과로 이어지지 않을 때는 길을 잃은 것처럼 막막해지기 때문이다. 물론 최선을 다했다면, 그것이 잘못된 방향이었다고 해도 결코 무의미하지는 않다. 똑같은 실패를 피할 수 있는 지혜를 얻기 때문이다. 그래서 이승엽 선배는 "진정한 노력은 배신하지 않는다"라는 말을 하기도 했다.

하지만 문제는 실패가 거듭되고 성과가 나오지 않을 때, 방향이 잘못됐는지 노력이 부족한지 확신할 수 없다는 점이다. 그래서 어느 정도 노력한 것 같은데도 성과가 없으면 누구나 생각이 많아진다. 때로는 자신을 탓하고, 때로는 주변을 원망하는 마음도 든다. '이건 잘못된 방향이었다'라고 판단하고 방향을 바꾸려는 순간, '혹시 거의 다 이루어진 순간에 포기하는 건 아닌가' 하는 생각이 스치면 머릿속이 복잡해진다. 그래서 내가 감히 이승엽 선배의 명언에 조금 덧붙인다면, "진정한 노력은 배신하지 않는다. 진정한 노력이란 성과를 만들 때까지 포기하지 않는 노력이다"라고 말하고 싶다.

적은 노력으로 성과를 내면 그저 행운에 따른 기쁨이 있을 뿐이지만, 끈질긴 노력 끝에 성과를 얻으면 잘못된 판단으로 그동안의 노력마저 날려버릴 뻔했다는 안도감과 함께 무수한 고민에 대한 보상까지 얻는 것 같아 더욱 기쁘다.

더구나 문제점과 한계를 파악하고, 그것을 개선하기 위해 시도한 변화가 그대로 적중했을 때 내가 느낀 흥분은 정말 대단했다. 스스로의 문제를 파악해 가장 적절한 처방을 내렸고, 그 처방에 따라 노력한 결과로 세상을 놀라게 할 만한 성과를 얻었기 때문이다. '스스로'라고는 해도 우용득 감독님과 김무관 코치님을 비롯해 나를 지도했던 많은 지도자와 선배들이 오랜 기간에 걸쳐 들려주신 얘기를 그제야 알아들은 것뿐이긴 하지만 말이다.

어쨌든 그해의 성과를 통해 나는 완전한 자신감을 얻었다. 나는 타격 트리플크라운에 오른 다음 해인 2007년에도 .335의 타율에 29개의 홈런, 87개의 타점을 기록했고 다시 한 해 뒤인 2008년에도 .301의 타율에 18홈런, 94타점을 기록했다. 해마다 트리플크라운을 달성할 수는 없었지만, 모든 부문에서 최상위권을 지켰다. 더 노력해서 한 걸음 더 나아갔어야 한다는 아쉬움이야 늘 남지만, 비교적 이른 시기에 내가 지향해야 할 방향을 찾고 확실히 그 길로 들어섰다는 것만은 스스로 생각해도 대견하다.

리그와 팀 전력의 변화를 비롯한 여러 변수로 인한 작은 오르내림은 있었지만, 2006년 시즌 이후로 이대호라는 타자의 '수준'은 확실히 2005년 이전과는 비교할 수 없는 단계로 올라섰다.

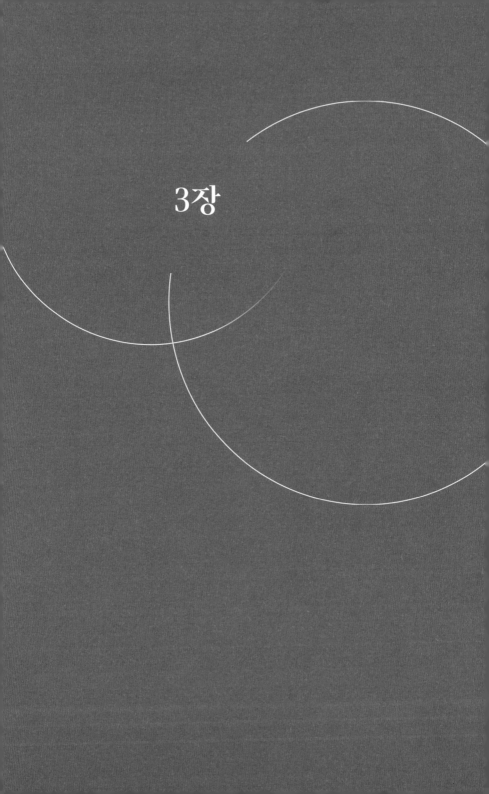

3장

나는
'조선의 4번 타자'다

영광의 첫 태극마크를 달다

2006년 시즌 개막 직전이었던 3월에 미국의 메이저리그 사무국이 '야구 월드컵'을 표방하며 창설한 월드베이스볼클래식^{WBC}의 첫 번째 대회가 열렸다. 그 대회는 알렉스 로드리게스와 돈트렐 윌리스를 포함한 메이저리그 최고의 스타들이 대거 참가한 최초의 국제대회로 큰 화제를 모았다. 그 대회에서 한국대표팀은 여러 번 명승부를 펼치며 4강에 올랐다. 강력한 우승 후보였던 미국과 멕시코를 꺾고, 예선 리그에서 숙적 일본을 두 번이나 이기면서 국내외 야구팬들을 깜짝 놀라게 했고, 그 성과에 힘입어 IMF 이후 좀처럼 기를 펴지 못하던 국내 프로야구의 인기도 조금씩 올라갔다.

당시 나는 그 대표팀에 선발되지 못했다. 그때는 아쉽다고 느낄 여지조차 없었다. 대표팀이 소집된 2005년 말까지 나는 큰 성과를 내지 못했고, 1루수 포지션에는 이승엽과 김동주라는 큰 벽이 있었다. 2005년에 나는 21개의 홈런을 쳤지만 타율은 .266에 불과했고 수비 면에서도 선배들에 비하면 부족한 점이 많았다. 이승엽, 김동주 두 선배는 해마다 30개 이상의 홈런에 3할 이상의 타율을 기록했을 뿐 아니라 수비와 주루, 경기 운영 등등 모든 면에서 나보다 수준 높은 선수였다.

하지만 함께 2000년 에드먼턴 세계청소년야구 선수권대회에 출전했던 동갑내기 김태균과 오승환이 대표팀에 선발되어 활약하는 모습을 지켜보면서, 나도 무덤덤하기만 할 수는 없었다. 나와 같은 거포형 우타자인 태균이에게는 조금 경쟁의식도 느꼈다. 태균이는 데뷔 첫 해부터 팀 내 중심타자로 자리를 굳히면서 거의 해마다 20개 이상의 홈런과 3할 이상의 타율을 기록하고 있었다. 뒤늦게 타자로 전향해서 무릎 수술까지 받고 간신히 주전으로 기용되기 시작한 나와는 비교할 수 없을 만큼 뛰어난 선수였다.

하지만 이듬해, 내게도 기회가 찾아왔다. 나는 2006년 시즌에 1984년 삼성의 이만수 선배님 이후 최초로 타격 주요 부문(타율, 홈런, 타점) 3관왕에 오르면서 세상의 평가를 뒤집어놓았다. 덕분에 2006년 11월에 열린 도하 아시안게임에서는 대표팀 명단에 당당히 이름을 올릴 수 있었다. 성인 대표팀으로서 느끼는 태극마크의 무게는 청소년 대표 때와는 또 달랐다. 드디어 나도 야구 선수로 어느 정도 인정받았다는 생각에 감개무량하기도 했다.

더구나 그 무렵 내게는 이미 5년째 사귀던 여자친구, 그러니까 지금의 아내가 있었다. 아내와는 롯데에 입단한 직후 임수혁 선배의 투병 생활을 후원하기 위해 열린 일일호프 모임에서 처음 만났다. 그때 아내에게 첫눈에 반한 나는 나에게 별 관심도 없던 그녀를 한참이나 일방적으로 쫓아다녔고, 숱하게 차인 끝에야 간신히 교제를 허락받았다. 하지만 그렇게 콧대 높고 쌀쌀맞던 아내가 한번 마음을 연 뒤로는 자신의 모든 것을 희생하는 헌신적인 모습을 보여주었다. 그녀는 프로 무대에 적응하는 데 적지 않은 시간이 걸렸던 나를 늘 격려하고 응원해준 고마운 사람이었다.

무릎 수술을 받고 병상에 누운 채 정신적으로 힘들어하며 방황하던 내가 마음을 잡고 차분히 복귀를 준비할 수 있었던 것도 아내 덕분이었다. 나와 동갑인 아내는 그때 막 여학생 티를 벗은 어린 나이였는데도 수술 직후에 마땅히 돌봐줄 가족도 없던 나를 위해 병상 곁을 지키며 내 소변통을 비우는 지저분한 일까지 마다하지 않았다. 이미 그 무렵부터 그녀와의 결혼을 결심하고 있었지만, 아직 주전으로 자리를 잡지도 못한 나와 결혼해달라는 말을 꺼내지 못했다.

그러던 중 2006년에 트리플크라운을 달성하면서 아시안게임 국가대표팀에도 선발되었다. 이 대회에서 메달을 목에 건다면 떳떳하게 아내와의 결혼도 꿈꿀 수 있을 듯했다. 나는 반드시 이번 대회에서 달성한 목표를 이루어 그동안 오래 나를 기다려준 아내에게 청혼하리라 결심했다.

아시안게임에서 야구 종목은 늘 한국과 일본, 대만 세 나라가 경쟁하는 무대였다. 그 외 나머지 나라와는 우리나라의 프로야구와 중학 야구 이상으로 격차가 있었다. 게다가 세 나라 중 야구 수준이 가장 높은 일본이 아시안게임에 프로팀의 주전급 선수들을 파견하지 않았기 때문에 승산은 충분했다. 각자 프로팀에서 중심 역할을 하던 한국대표팀 선수들이 제 실력만 발휘한다면, 일본과 대만을 꺾고 금메달을 따는 것도 그리 어려운 일은 아닐 터였다.

대표팀 구성은 시작부터 난관의 연속이었다. 시즌 전에 제1회 WBC에 출전해 4강 신화를 만들었던 국가대표팀의 핵심 선수 중 김동주, 구대성, 홍성흔 같은 선배들이 부상 등으로 대표팀에 합류하지 못했고 박찬호, 이승엽처럼 해외 리그에서 뛰던 선배들도 팀의 일정 때문에 대부분 빠졌다. 하지만 그해에 투수 3관왕을 달성하면서 혜성같이 등장했던 류현진을 비롯해 정근우, 강민호 같은 친구와 후배들이 새롭게 대표팀에 선발되었고, 모두 의욕과 자신감으로 충만했다. 손민한, 박진만, 박재홍 같은 베테랑 선배들도 적지 않았기 때문에 크게 걱정할 필요도 없었다. 나름대로 '신구조화를 이룬 차

세대 대표팀'이라는 평가를 들었고, 선수들 스스로도 앞으로 십 년 이상 함께 태극마크를 달 동료들이라고 서로를 격려했다.

코칭스태프로는 현대 유니콘스를 2000년대 초반 최강팀으로 이끌었던 명장 김재박 감독님의 지휘 아래 롯데 자이언츠에서 내가 성장하는 데 가장 큰 도움을 주셨던 양상문 감독님과 김무관 코치님이 각각 투수코치와 타격코치로 함께하셨다. 내게는 더욱 든든하고 편안한 환경이었던 셈이다.

대회를 앞둔 나는 타격감도 좋았고, 자신감도 충분했다. 팀 전체 분위기도 나쁘지 않아 도하로 출국하기 전에 LG와 롯데를 상대로 치른 4차례의 평가전에서도 모두 무난히 승리했다. 각자 실력만 제대로 발휘한다면 금메달은 따놓은 당상이라고 확신했다.

하지만 야구가 내가 알고 있던 것보다도 훨씬 어려운 운동이라는 사실을 깨닫기까지는 그리 오래 걸리지 않았다. 단기전, 특히 국가대표팀 사이의 경기는 단순히 기술적 수준이나 경험 혹은 체력만으로 예측할 수 없다는 것을 그때 확실히 깨달았다.

월드베이스볼클래식WBC

세계적으로 야구의 보급과 발전이 느렸던 가장 중요한 이유 중 하나는 메이저리그 사무국의 고립주의였다. 명실상부 자타공인 세계 최고의 야구 선수들이 뛰는 메이저리그는 미국과 캐나다 이외의 지역으로 시장을 확대할 필요성을 느끼지 못했고, 외부에서 마땅한 경쟁상대나 도전세력을 발견한 적도 없었다. 그들에게 세계 최강이란 국제대회 우승자가 아닌 미국 프로야구 양대 리그인 내셔널리그와 아메리칸리그 승자들 사이의 최종전인 '월드시리즈'의 우승자를 의미했다. 북미 이외의 지역은 간혹 흥미로운 유망주가 발견되는 제2의 선수공급처 정도로 인식될 뿐이었다. 또 다른 미국의 인기 스포츠 농구에서 1992년부터 프로 최고의 스타플레이어들로 '드림팀'을 구성해 올림픽에 출전한 것과 달리 야구는 올림픽 기간 중 리그 운영에 차질이 생기는 것을 꺼리며 끝내 선수 파견을 거부해왔다.

하지만 올림픽에서 야구의 정식 종목 지위가 흔들리고 아마추어 야구 국제기구들이 존폐의 기로를 오갈 만큼 피폐해지면서 메이저리그 사무국도 약간의 태도 변화를 보이기 시작했다. 그런 맥락에서 2006년 미국 프로야구의 사무국 주도로 축구의 월드컵과 유사한 위상을 지향하는 세계대회를 창설하게 되는데, 그것이 바로 월드베이스볼클래식이다. 그 대회 창설의 직접적 계기가 된 것은 2005년 IOC 총회에서 야구가 올림픽 정식종목에서 제외된 사건이었다. 그렇게 떠밀리듯 시작한 대회는 미국과 일본 프로야구의 대표적인 스타플레이어들이 모두 참여한다는 점에서 큰 화제를 모았다.

특히 프로야구리그를 운영하는 국가들이 많지 않고, 국가 간 전력차가 크다는 점을 보완하기 위해 선수의 국적이 아니라 혈통적 연관성만 있다면 해당 국가의 국가대표로 출전할 수 있도록 출전 조건을 완화한 점이 특징적이다. 예컨대 이탈리아계 이민 3세인 미국인 마이크 피아자가 이탈리아 야구대표팀으로 출전할 수 있도록 하는 식이었다. 다수의 유럽 이민자 가문 출신의 선수들을 통해 유럽에 야구 문화를 전파하려는 의도가 드러난 대목이다.

도하에서 고개를 숙이다

2006년 11월 30일에 열린 대만과의 경기가 우리 대표팀의 첫 일정이었다. 선발투수로 나선 것은 같은 롯데의 손민한 선배였다. 그날 손 선배의 컨디션은 나쁘지 않았고, 3회까지 안타를 단 한 개밖에 내주지 않으면서 타선을 완벽히 틀어막았다. 하지만 4회 초에 갑자기 시애틀 매리너스 산하 마이너리그팀에서 뛰던 첸융지의 솔로홈런이 터져 나왔고, 손민한 선배가 당황했는지 흔들리기 시작했다. 곧바로 첸진펑에게 2루타를 맞고 도루까지 허용한 끝에 추가점을 내주었고, 5회에도 시엔자시엔에게 또다시 홈런 한 방을 맞은 뒤 마운드에서 내려갔다.

나와 같은 롯데 소속이었던 손민한 선배는 당시 한국 야구를 대표하는 투수였는데, 별명이 '전국구 에이스'였다. 2005년에는 롯데가 5위에 머물면서 포스트시즌 진출에 실패했는데도 정규시즌 mvp에 선정되었을 만큼 뛰어난 투수였고, 대표팀의 모든 투수가 믿고 따르는 투수조의 조장이기도 했다. 그런데 그런 손민한 선배가 첫 경기에서 흔들리면서 후배들도 영향을 받을 수밖에 없었다. 투수는 아니었지만 같은 팀에서 뛰면서 손민한 선배를 늘 믿고 따랐던 나도 당황해서 식은땀이 날 정도였다.

우리도 무기력하게 주저앉은 것은 아니었다. 4회에 내가 3루타를 치면서 한 점을 따라갔고, 6회에 다시 나의 2루타로 한 점을 더 추격해 2대 3까지 만드는 데 성공했다. 하지만 8회 초에 구원 등판한 투수 장원삼이 4회에 손민한 선배를 상대로 선제홈런을 쳤던 첸융지에게 또다시 홈런을 허용하면서 결정타를 맞고 말았다. 결국 2대 4로, 전혀 예상하지 못했던 뼈아픈 패배를 당했다.

첫 경기를 치른 뒤 대표팀 숙소는 그야말로 초상집이었다. 경기가 끝난 뒤 더그아웃에서 짐을 챙길 때부터 숙소에 도착할 때까지, 말한마디 꺼내는 사람이 없었다. 이제 고작 한 경기를 치렀을 뿐이지만 패배의 대가는 작지 않았다. 우리보다 한 수 아래라고 평가하던 대만에게 1승을 안겨주면서 당한 패배라 더 뼈아팠다. 반드시 이겨야 했고 충분히 이길 수 있는 경기를 져버렸고, 금메달을 딸 가능성도 희박해졌다.

다음 경기인 일본에게 이긴다고 해도 금메달이라는 목표를 이루기 위해서는 일본이 다시 대만을 크게 이겨야 했다. 무엇을 기대해도 애초에 목표했던 '최선'에 한참 미치지 못하는 찜찜한 '차선'들 밖에 남지 않은 난감한 상황이었다.

하지만 그것은 앞으로 펼쳐질 악몽의 시작에 불과했다. 한일전 결과는 그것보다 훨씬 '최악'이었다. 3회 초에 내가 3점 홈런을 친 것을 시작으로 4점을 내면서 먼저 앞서나갈 때만 해도 더그아웃은 안도하는 분위기였다. 그나마 일본이라도 잡으면 대만전의 패배는 '한 번쯤 있을 수 있는 이변 혹은 실수' 정도로 너그럽게 생각할 수도 있었다. 금메달은 어렵더라도, 최소한의 자존심은 지킨 채 한국으로 돌아갈 수도 있었다. 하지만 잘 던지던 선발투수 류현진이 갑자기 3회 말에 흔들리면서 5실점했고, 4회 말에는 구원 등판한 이혜천 선배마저 난조에 빠지면서 2점 홈런을 맞는 통에 점수 차가 4대 7까지 벌어지고 말았다.

다행히 타자들이 집중력을 잃지 않고 추격전을 벌였다. 8회 초 2사 후에 정근우가 기습번트에 성공하며 출루했다. 이용규의 볼넷, 박진만과 이병규 선배의 안타가 이어지면서 7대 7 동점을 만드는 데 성공했다. 그나마 최악은 피했다는 생각에 한숨 돌리려던 참이었다. 하지만 9회 말, 믿었던 삼성 라이온즈의 마무리투수 오승환이, 당시에는 대학생이었지만 나중에 요미우리 자이언츠에 입단해서 신인왕까지 받게 되는 조노 히사요시에게 3점 끝내기홈런을 맞고 말았다. 설마설마하던 일이 실제로 일어나자, 우리는 온몸의 힘이 다 빠져나가서 그대로 주저앉을 뻔했다. 나는 차마 일본 선수들이 즐거워하는 모습을 지켜볼 수 없어 눈을 질끈 감아버렸다.

이후 우리는 필리핀, 태국, 중국과의 경기를 크게 이겼지만 큰 의미는 없었다. 애초에 그 대회는 일본과 대만을 꺾고 금메달을 따기 위해 나선 것이었고, 두 경기에 모두 패하면서 금메달 획득에 실패했기 때문이다. 늘 한국보다 한 수 아래라고 평가하던 대만에게 졌다는 점, 사회인(실업팀)과 대학팀 선수 중심인 일본에게 무참히 패배했다는 점도 끔찍했다.

대만에게 졌을 때부터 한국의 인터넷 커뮤니티에는 분노와 한탄, 선수들을 향한 비난과 조롱이 넘쳐났다. 일본과의 경기마저 패배한 뒤로는 선수 중 누구도 인터넷에 접속할 엄두를 못 낼 만큼 분위기가 심각했다. 선수 인생에서 그때만큼 괴롭고 난감하고 막막했던 순간은 아마 없었던 것 같다.

설레는 마음으로 출발했던 나의 첫 국가대표 출전은 그렇게 쓰라린 기억으로 끝이 나고 말았다. 귀국하는 비행기 안에서도 머릿속이 복잡했다. 공항에서부터 집까지 얼굴을 가리고 가야 하는 것은 아닌지, 누군가 계란을 던지려고 준비하고 있는 것은 아닌지, 군대는 언제 어떻게 가야 할지, 결혼식은 얼마나 더 미뤄야 할지, 무엇보다도 우리 팀은 왜 그렇게 무기력하게 무너졌던 것인지….

경기를 치른 도하는 생각보다 더 덥고 경기장 상황도 좋지 않았다. 대표팀 선수들은 각 팀 주전으로 치열한 시즌을 치르고 참가해 자잘한 부상과 피로감에 시달리고 있었다. 하지만 그것도 변명거리에 불과했다. 경기장 사정은 우리에게만 어려운 것이 아니었다. 프로든 아마추어든 각자의 리그에서 최선을 다해 한 해를 보내고 온 것 역시 다르지 않았다.

결국 우리 집중력이 충분하지 못했던 것이 가장 큰 이유였다. 우리는 야구의 특성상 사소한 변수가 큰 흐름을 만들어낸다는 사실을 간과했다. 그런 특징이 중요한 순간마다 영 좋지 않은 방향으로 나타난 것도 불운이라면 불운이었다.

그 대회에서 나는 .409의 타율과 10타점을 기록했다. 하지만 그 기록을 기억해주는 사람은 아무도 없다. 개인의 기록은 팀이 이겼을 때 의미가 있다는 사실 역시 그 대회에서 얻은 뼈아픈 교훈이었다.

도하 아시안게임 한국 대 필리핀 경기에서 투런홈런을 친 뒤 들어오는 모습

운명의 한일전, 약속의 8회

도하 아시안게임 2년 뒤인 2008년, 베이징에서 열린 올림픽에 나는 또다시 국가대표로 선발되었다. 그동안 꾸준히 성적을 내면서 이제 내가 국가대표로서 충분한 자격을 가지고 있다는 점에는 누구도 이견을 달지 않았다. 하지만 더 이상 국가대표가 된다는 것 자체에 만족하며 머물 수는 없었다. 이미 국제대회에서 쓴 맛을 본 나는 어떻게든 올림픽에서 메달을 따내 명예를 회복하겠다는 강한 의지를 품고 있었다.

2008년 베이징 올림픽에서 우리 대표팀이 내걸었던 목표는 최소 동메달 이상의 성적이었다. 역대 올림픽에서 한국 야구 대표팀이 거둔 최고 성적이 바로 2000년 시드니 올림픽에서 따낸 동메달이었다. 올림픽은 최고 수준의 대회로, 아마추어 야구 세계 최강으로 통하는 쿠바가 출전한다. 미국은 아직 메이저리그에 승격되지는 않았지만 스타 플레이어가 될 잠재력이 충분한 AAA 최고 유망주로 팀을 구성해서 대회에 나선다. 일본도 프로야구 최고의 선수들로 구성된 대표팀을 파견한다. 동메달이라고 해도 결코 낮은 목표가 아니었다. 금메달을 따야만 병역 특례 혜택을 받는 아시안게임과 달리 동메달 이상만 획득하면 병역 특례 혜택을 받는 것만 봐도 올림픽의 수준을 짐작할 수 있다.

하지만 한국 대표팀은 불과 2년 전에 미국과 쿠바가 없고, 일본도 프로 선수를 파견하지 않아 훨씬 수월한 아시안게임에서 동메달에 그치는 큰 수모를 당한 터였다. 목표를 동메달로 잡았지만, 대회 전까지는 그마저도 성공 확률이 낮다고 평가하는 분위기가 강했다.

안타깝긴 하지만, 그런 야박한 전망이 전혀 근거 없는 것도 아니었다. 한국 대표팀은 올림픽 본선 출전 자격을 얻는 과정부터 순탄하지 못했다. 2007년에 열렸던 아시아 야구 선수권대회가 올림픽 아시아 지역 예선을 대신했는데, 그때 결승전에서 일본에게 지는 바람에 본선 직행 티켓을 놓쳤다. 그 후, 각 지역 2, 3위 팀이 모여 치르는 최종예선에서 캐나다에 이은 2위에 올라 간신히 본선 출전권을 따냈다.

하지만 올림픽이 시작되자 분위기가 완전히 달라졌다. 우리는 예선리그 7경기를 차례차례 모두 승리하며 기대감을 쌓아 올렸다. 고비도 있었다. 미국과의 첫 경기에서는 한발 앞서가던 9회 초에 믿었던 마무리투수 한기주가 갑자기 흔들리면서 아웃 카운트를 하나도 잡지 못하고 3점을 내주어 역전을 허용하는 아찔한 순간을 연출했다. 하지만 다행히 정근우와 이종욱의 수훈으로 9회 말 극적인 역전승을 거두었다.

쉬운 상대라고 생각했던 중국과 캐나다를 상대로 고전했지만, 오히려 걱정했던 일본전은 새로운 일본 킬러로 떠오른 김광현이 맹활약해준 덕분에 이길 수 있었다. 그 경기에서는 나도 홈런 한 방을 날렸고, 좌타자 김현수가 좌투수를 상대하기 위해 대타로 나선 타석에서 결승타를 날리면서 화제가 되기도 했다.

2년 전 겪은 악몽 같은 일로 대만과의 경기도 조금은 긴장하면서 임한 탓에 9대 8 한 점 차이로 간신히 이길 수 있었다. 어쨌든 앞선 경기를 모두 승리하면서 우리 대표팀은 무사히 결선리그 진출을 확정 지었고, 공포의 대상이었던 쿠바와의 예선 마지막 경기에 부담 없이 임할 수 있었다. 사실 쿠바가 우리보다 확실히 강한 팀이라는 것은 선수들도 모두 알고 있었다. 더구나 결선리그 진출을 확정 지었으니 무리하게 승리를 고집할 필요는 없었다.

그런데 그 경기에서 선발투수로 나선 송승준 선배가 7회 1사까지 3실점으로 막아내는 호투로 이변을 일으켰다. 실점을 최소화하는 사이에 4회 말 2사 만루 기회에서 강민호와 고영민의 안타가 나왔고 이용규의 땅볼 타구를 잡은 상대 투수의 악송구까지 나오면서 5점을 얻어내, 결국 7대 4로 역전승을 거두었다. 국제대회 공식 경기에서 거의 이겨본 적 없었던 쿠바를 상대로 거둔 의미 있는 승리였다. 그 승리로 선수들의 자신감이 하늘을 찌른 것도 당연한 일이었다.

예선리그 1위부터 4위를 차지한 한국, 쿠바, 미국, 일본이 결선리그에 진출했고, 준결승전에서는 한국과 일본, 쿠바와 미국이 각각 경기를 치르게 되었다. 일본과의 준결승전에 나선 우리나라의 선발투수는 다시 한번 김광현이었다.

김광현은 그날도 잘 던졌다. 좌투수 김광현의 슬라이더는 좌타자가 많은 일본팀에게 공포의 대상이었다. 일본 타자들은 김광현을 두 번째 상대하면서도 영 맥을 못 추었다. 하지만 김광현도 초반에는 몸이 덜 풀렸던지 1회에 실책이 겹치며 먼저 1점을 내주었고 3회에도 폭투를 범하며 다시 1점을 허용해 0대 2까지 밀렸다. 하지만 그 이후로는 8회 초 수비를 마무리할 때까지 더 이상 점수를 내주지 않으면서 역전의 발판을 마련해주었다.

그 사이 4회 말에는 이용규와 김현수의 안타로 한 점을 만회했고, 7회에는 이진영이 친 안타에 2루 주자 정근우가 홈을 파고들었다. 정근우는 아슬아슬한 타이밍에 포수의 팔이 닿지 않는 바깥쪽으로 들어가면서 발끝으로 홈플레이트를 스치는 기술적인 슬라이딩을 보여주었다. 정근우다운, 정근우가 아니면 할 수 없는 멋진 슬라이딩이었다. 나도 더그아웃에서 지켜보며 "역시 정근우!"라며 환호성을 질렀던 기억이 생생하다.

2대 2로 팽팽하게 맞선 8회 말, 이용규가 안타로 1루에 나갔고, 그 뒤를 이어 대회 내내 타이밍이 맞지 않아 고전했던 이승엽 선배가 타석에 섰다. 그 대회에서 이승엽 선배의 타율은 1할대에 불과했다. 하지만 나는 알고 있었다. 이승엽 정도의 타자가 한일전, 그것도 올림픽 메달이 걸린 결정적인 순간에 나섰다면 타율은 큰 의미가 없다는 사실을 말이다. 이승엽 선배는 타격감이나 상대 전적에 상관없이 집중력으로 한 방을 만들어낼 기술과 판단력, 반사 신경이 있는 선수였다.

그날도 이승엽 선배는 앞선 타석에서 삼진과 병살타로 부진했다. 하지만 결정적인 순간, 이승엽 선배는 일본의 좌완투수 이와세의 몸쪽 공을 완벽한 스윙으로 부드럽게 걷어 올렸다. 그리고 그 타구는 그대로 베이징 우커송 야구장의 오른쪽 펜스 밖 관중석으로 넘어갔다. 정말 "그림 같다"라는 말이 절로 나오는 역전 2점 홈런이었다.

요즘 야구팬들 사이에서 한국 야구 역대 최고의 타자가 누구인가 하는 논쟁이 이루어지곤 한다고 들었다. 그중에 나와 추신수 그리고 이승엽 선배 등이 후보로 종종 거론된다는 이야기도 들었다. 내가 감히 그런 논쟁에 후보로 낄 만한 선수라 생각해본 적도 없고, 백 년이 넘는 한국 야구 역사에서 고작 20여 년을 뛴 내가 선배 타자들을 평가할 능력이 있는 것도 아니다. 하지만 내가 보고 경험해서 아는 한에서만 이야기해본다면, 나보다는 추신수가 한 수 위다. 기술과 힘 그리고 상황을 읽고 대처하는 능력도 나는 신수를 따라잡지 못한다. 하지만 이승엽 선배는 나나 신수와는 비교될 수 없는 또 다른 수준의 타자다. 나와 신수가 안타를 치다가 운 좋게 홈런을 수확하는 타자들이라면, 이승엽 선배는 언제든지 홈런이 필요한 상황에 홈런을 만들 수 있는 타자다.

이승엽 선배의 한 방으로 기세가 오르자 우리 타자들은 거칠 것이 없었다. 후속 타자 김동주의 안타에 이어 고영민의 좌익수 뜬 공을 일본 외야수 G.G.사토가 놓치는 실책이 겹쳤고, 그 뒤를 이은 강민호마저 중견수 키를 넘기는 2루타를 날리며 쐐기를 박았다. 6대 2로 승리한 한국은 최소 은메달을 확보하면서 기분 좋게 결승전 진출을 확정 지었다.

한국 대 대만전 1회초 1사 만루 상황에서 만들어낸 안타

잊을 수 없는 올림픽 금메달의 순간

한일전이라는 고비를 넘고 쿠바와의 결승전만 남겨두자 오히려 마음이 편했다. 이미 한국 야구 역사상 최초로 은메달을 확보하면서 목표를 초과 달성했고, 쿠바야 워낙 오래 세계무대의 절대강자로 통했으니 혹시 지더라도 우리를 비난하거나 폄하할 사람이 없을 것 같았기 때문이다.

하지만 이것도 그냥 겉으로만 하는 소리였고, 기왕 올림픽 결승전에 오른 국가대표 선수들의 마음이 정말 그럴 수는 없었다. 선수들은 기본적으로 지는 것을 싫어한다. 특히 국기를 가슴에 달고 나라를 대신해서 싸우는 '국가대표'가 되면 상대가 누구건 상황이 어떻

건 오직 이겨야겠다는 마음가짐이 생긴다.

어쨌거나 대회 전부터 우리를 짓누르던 부담감이 씻겨 내려가면서 가벼운 마음으로 경기에 임하자 몸도 더없이 가볍게 느껴졌다. 1회가 시작되자마자 이용규가 안타를 치고 나간 뒤 준결승전 홈런 이후 배트에 혈이 뚫린 이승엽 선배의 홈런이 이어지며 두 점을 선취했고, 7회에도 이용규의 2루타에 힘입어 한 점을 추가했다. 마치 준결승전이 그대로 되풀이되는 듯했다.

하지만 쿠바도 만만한 팀이 아니었다. 타선에 배치된 모든 타자의 힘과 탄력이 대단했다. 어떤 타자든 조금만 공이 몰려서 들어오면 담장을 훌쩍 넘길 능력이 있었다. 실제로 쿠바도 1회 말과 7회 말에 솔로 홈런을 날리면서 3대 2로 팽팽한 승부가 이어졌다.

그리고 운명의 9회 말. 그때까지 단 2실점으로 버티며 잘 던지던 선발투수 류현진이 흔들리기 시작했다. 중요한 경기에서는 집중력이 높아지는 만큼 체력이 더 빠르게 고갈된다. 더구나 그날은 주심이 갑자기 9회 말부터 스트라이크존을 좁혔고, 이 석연치 않은 개입이 류현진을 더 흔들리게 했다. 쿠바의 선두타자로 나선 2번 올리베라가 좌전 안타를 친 뒤 3번 엔리케스의 번트로 2루까지 진루했고, 류현진은 4번 타자 세페다와 최선을 다해 승부했지만 스트라이크존 구석으로 절묘하게 제구한 공들이 계속 볼로 판정되면서 1루가 채워졌다. 주심의 애매한 판정은 5번 타자 알렉세이 벨의 타석에서도 이어졌고, 결국 연속 볼넷으로 한국 대표팀은 1사 만루라는 막다른 골목으로 몰렸다.

그 순간 나도 화가 머리끝까지 치밀어 올랐다. 그러니 가까이에서 공을 받아내던 포수가 느끼는 당혹감은 그보다 몇 배는 더 컸을 것이다. 벨에게 던진 마지막 공이 볼로 판정되던 순간, 포수 강민호가 몸을 돌리면서 이상하지 않느냐는 제스처를 보였는데, 푸에르토리코 출신의 주심 카를로스 레이 코토가 강민호에게 퇴장 명령을 내렸다. 경기장에 있던 모든 사람이 무슨 상황인지 이해할 수 없을 정도로 돌발적인 판정이었다. 경기 내내 애매한 판정이 이어지면서 불만이 쌓였던 강민호가 퇴장 판정에 흥분해서 미트를 두 번이나 팽개치며 격하게 항의했지만 어쩔 수 없었다.

김경문 감독님은 부상 때문에 뛰지 못했던 베테랑 진갑용 선배에게 부랴부랴 마스크를 씌워 내보냈다. 투수 역시 선수단에서 가장 안정된 제구력을 가진 정대현 선배로 교체했다. 국내 리그에서 늘 나를 애먹였던 정대현 선배였지만, 그날만큼은 간절한 마음으로 응원을 보냈다. 경기 내내 앞서온 것이 무색하게, 짧은 안타 하나만으로도 역전패를 당할 수 있는 절체절명의 위기였다. 한 끗 차이로 메달 색깔이 바뀌는 아찔한 순간이기도 했다. 모든 것이 정대현 선배의 손끝에 달려 있었다.

하지만 역시 정대현 선배는 조금도 긴장하는 기색이 없었다. 내가 그 상황에서 등판했다면, 긴장해서 폭투를 몇 개나 던졌을지도 모른다. 하지만 정대현 선배는 쿠바의 전설적인 강타자 율리에스키 구리엘을 상대로 무덤덤하게 스트라이크 두 개를 연달아 던졌다. 주심도 트집을 잡을 수 없을 만큼 깨끗한 코스로 낮게 깔려오는 언더핸드 싱커였다. 그 후 정대현 선배는 투 스트라이크로 여유가 있는데도 곧바로 가운데 낮은 쪽으로 공을 찔러 넣었다. 제아무리 구리엘이라 해도 세 번째 스트라이크가 될 수도 있는 그 공을 지켜보고만 있을 수는 없었다. 구리엘의 배트 밑을 맞고 튀어 오른 타구는 유격수 박진만의 글러브로 빨려든 뒤 2루수 고영민을 거쳐 1루수 이승엽에게로 이어지는 병살타가 되었다. 극적인 한 점 차 승리, 한국 야구 역사상 첫 올림픽 금메달이었다.

베이징 올림픽에서는 승엽 형이 내내 4번 타자였고, 나는 주로 6번 타자로 나섰다. 그 대회에서 내 성적은 25타수 9안타, 타율 .360, 3홈런, 10타점, 7개의 사사구였다.

올림픽 금메달이 내 삶에 가져다준 커다란 변화가 한 가지 더 있었다. 아내 혜정과의 결혼이었다. 금메달을 따면서 짧은 기초군사훈련으로 병역이 면제되는 혜택을 받았고, 2006년 3관왕을 한 뒤로 연봉도 조금 올라 한 가정을 꾸릴 만한 형편이 된 것이다.

2009년 시즌이 마무리된 2009년 12월 26일, 부산 롯데호텔에서 당시 롯데 자이언츠의 박진웅 대표이사님의 주례로, 조성환 선배를 비롯한 롯데 자이언츠 식구들, 봉중근, 류현진 등 야구계 선후배와 가족, 친지 그리고 애써 찾아준 야구팬들까지 모두 1천여 명이 지켜 봐주시는 가운데 연애 8년 만에 꿈같은 결혼식을 올렸다.

올림픽 야구

야구는 올림픽에서 크게 환영받지 못하는 종목이다. 야구가 성행한 나라가 많지 않고 지역적으로도 편중되어있는 데다가, 프로 선수들의 출전이 허용된 이후에도 가장 뛰어난 기량을 가진 선수들이 모여 있는 미국이 올림픽 출전에 비협조적인 태도를 일관해 경기의 수준을 끌어올리는 데도 한계가 있었기 때문이다.

올림픽 초창기인 1904년 세인트루이스 올림픽에서 시범종목으로 치러진 적이 있고, 1940년 도쿄 올림픽에서 정식종목으로 채택되었지만 전쟁으로 무산되었다. 오늘날과 같은 올림픽의 위상이 확립된 이후로는 미국의 LA에서 치러진 1984년 올림픽에서 처음 시범종목으로 채택되었고 1992년 바르셀로나 올림픽부터 정식종목으로 채택되었다. 하지만 국제올림픽위원회가 선수 출전에 비협조적이었던 미국 메이저리그 사무국과 갈등을 겪은 끝에 2008년 베이징 올림픽을 끝으로 정식종목에서 제외되었고, 이후 개최국의 권한으로 복귀했다가 다시 제외되기를 반복하고 있다. 2021년에 도쿄에서 개최된 2020 도쿄 올림픽에서 잠시 정식종목으로 복귀했지만 2024년 파리 올림픽에서는 제외되었고, 2028년에는 미국 LA에서 올림픽이 치러지는 만큼 야구 역시 정식종목으로 복귀할 것으로 기대된다.

한국 프로야구 역사상 올림픽에서 첫 야구 금메달을 획득하다.

한국 대 네덜란드전에서 중월 투런홈런 후 보인 시그니처 세레머니

도쿄대첩에서의 짜릿한 승리

2006년에 열린 도하 아시안게임부터 2017년에 열린 제4회 WBC 까지, 나는 국가대표팀이 소집될 때마다 빠짐없이 선발됐다. 그때마다 한국에서 뛰고 있든, 일본에서 뛰고 있든 혹은 미국 진출을 준비하고 있든 상관없이 국가대표팀 일정을 최우선으로 생각하고 달려왔다. 2008년 베이징 올림픽 이후, 2009년과 2013년, 2017년에는 WBC에 출전했다. 2010년에는 광저우 아시안게임, 2015년에는 프리미어12에서 뛰었다. 그중 2008 베이징 올림픽과 2010 광저우 아시안게임, 2015 프리미어12에서는 우승했고, 2009년 WBC에서는 준우승을 했다.

2010년 광저우 아시안게임부터는 대부분의 대회에서 내가 4번 타자를 맡았다. 이승엽, 김동주 같은 대단한 선배 타자들의 자리를 이어받는 것이 부담스러웠지만 압박감을 이겨내고 승리에 큰 역할을 했을 때는 성취감도 대단했다. 소속팀에서는 늘 4번 타자를 맡았지만 각 팀에서 4번 타자를 맡던 선수들만 네댓 명이 모인 국가대표팀 4번 타자는 더 특별한 의미가 있었다. 나중에 알았지만 나는 그 기간을 통틀어 국가대표팀에서 .330의 타율에 7개의 홈런, 41개의 타점을 기록했다고 한다. 4번 타자라는 막중한 자리에서 어느 정도 내 몫은 해낸 셈이었다.

그래서 언젠가부터 팬들은 나에게 '조선의 4번 타자'라는 별명을 붙여주었는데, 정확히 누가 만들었는지, 언제부터 회자되었는지는 모른다. 혹자는 예전에 드라마와 뮤지컬로 제작되어 크게 흥행했던 《명성황후》라는 작품 속 주인공이 했던 "내가 조선의 국모다"라는 대사에서 따온 것이라고도 한다.

그 별명이 붙은 시점이 언제인지는 정확히 알 수 없지만 널리 알려진 것은 아무래도 2015년에 열렸던 프리미어12 때였다. 미국 메이저리그 사무국이 주최하는 WBC와 달리 프리미어12는 세계야구소프트볼연맹이 주최하는 대회로, 2015년에 창설 대회가 열렸다. 이름처럼 세계 야구 랭킹 12위 국가까지만 참가 자격이 주어지는데, 한국은 일본과 미국에 이은 3위로 첫 대회에 참가했다. 그 대회에서

명경기가 여럿 나왔는데, 그중에서도 일본과 붙었던 준결승전이 가장 유명하다. 경기가 열린 곳도 하필 일본의 도쿄돔이었다.

그때 일본팀 선발투수는 훗날 메이저리그에서 투수와 타자로 최고의 활약을 펼치게 되는 오타니 쇼헤이였다. 나는 그때 이미 일본에서 네 시즌을 보냈고, 오타니도 여러 차례 상대해본 경험이 있었다. 상대 성적도 나쁘지 않아서 홈런은 없었지만 17타수 7안타에 볼넷 4개를 얻어냈다. 그래서 나름 자신이 있었고, 동료들에게 오타니의 공을 공략하는 법에 대해 조언해주기도 했다.

하지만 시즌 중에 리그에서 만난 오타니와 국제대회에서 국가대표팀 유니폼을 입고 만난 오타니는 완전히 다른 투수였다. 평소에도 시속 150킬로미터대 강속구를 구사하던 그였지만 그날 속구 스피드는 시속 160킬로미터에 육박했고, 포크볼 구속도 시속 150킬로미터 가까이 올라갈 정도로 기합이 가득 차 있었다. 7회까지 내가 몸에 맞는 공을 얻은 것과 정근우가 단 한 개의 안타를 친 것 외에는 우리 타자들이 출루조차 못할 정도였다. 그 사이에 오타니는 11개의 삼진을 잡아냈다. 완벽히 압도당한 경기였다.

사실 한국 프로야구에서 뛰는 정상급 타자들의 경우, 시속 160킬로미터의 빠른 공도 적응할 시간만 주어지면 얼마든지 때려낼 수 있다. 하지만 변화구 구속이 140킬로미터 중반을 넘어가면 공략하기가 굉장히 어렵다. 그 정도 구속으로 공이 날아오면 당연히 직구겠

거니 생각하며 배트를 휘두르는데, 배트와 공이 만나려는 순간 공이 휘어버리니 도저히 공을 배트 중심에 맞힐 수 없다.

그 사이에 일본은 우리 투수들의 난조와 야수들의 실책을 묶어 1회에만 3점을 내고 여유 있게 앞서갔는데, 그날의 경기 양상이 얼마나 일방적이었던지 미리 제작해서 배포한 다음 날 아침 스포츠 신문 1면에 곤혹스러워하는 투수 이대은의 얼굴 위로 '무너진 대한민국'이라고 적은 사진이 실렸을 정도였다. 기자가 마감 시간에 쫓겨 미처 경기를 끝까지 보지도 못한 채 한국 팀이 일방적으로 졌다는 기사를 써서 유통시킨 것이었다.

만약 오타니가 완투를 했다면, 실제로 경기가 그렇게 끝났을지도 모른다. 그만큼 오타니는 공도 좋았고 체력도 충분했다. 하지만 일본 팀의 고쿠보 감독은 충분히 승기를 잡았다고 생각했는지 8회부터 오타니를 내리고 노리모토를 올렸다. 라쿠텐의 젊은 에이스 노리모토는 데뷔 첫 시즌부터 내리 10승 이상을 기록해온 훌륭한 투수였다. 그는 8회 초에 올라오자마자 공 8개만으로 삼자범퇴를 잡아내며 오타니 못지않은 위력을 발휘하는 듯했다.

하지만 압도적으로 강한 투수가 사라지면, 타자들은 다음에 어떤 투수가 올라오든 칠 수 있다는 자신감이 생긴다. 특히 그날은 오타니의 공이 워낙 위력적이었기 때문에, 오타니만 아니면 누구의 공이라도 쳐낼 수 있을 것 같았다. 흔히 야구에서 "위기 뒤 기회"라는 말이 있는데, 그때가 딱 그런 상황이었다.

9회 초 선두타자로 나선 오재원이 끈질긴 승부 끝에 노리모토를 상대로 안타를 치고 출루하면서 한국팀 더그아웃에 환호성이 터졌다. 비록 한 번 남은 기회지만, 해볼 만하다는 느낌이 번졌다. 아니나 다를까, 그 뒤를 이어 손아섭과 정근우의 안타가 이어지며 한 점을 만회했다. 당황한 노리모토의 제구가 흔들리면서 공이 이용규의 팔꿈치를 스쳤고 무사 만루 상황이 만들어졌다. 그러자 일본은 노리모토를 내리고 니혼햄 소속의 6년차 마무리 투수 마쓰이 히로토시를 올렸다. 마쓰이는 그해 60이닝을 소화하는 동안 평균자책점 1.50, 39세이브를 기록한 일본 최정상의 마무리 투수였다. 마쓰이는 김현수를 상대로 바깥쪽 빠른 공만 다섯 개를 던지면서 끈질기게 병살타를 유도했지만 김현수도 만만한 타자는 아니었다. 더구나 '타격 기계'라는 별명을 얻을 만큼 정교한 선구안을 가진 현수는 마쓰이보다도 더 끈질기게 참아내며 볼넷을 얻었다. 밀어내기로 한 점을 더 따라붙은 순간이었다.

드디어 4번 타자인 내 앞에 무사만루의 기회가 펼쳐졌다. 나는 1스트라이크 2볼까지 지켜본 다음, 4구째 포크볼을 가볍게 받아쳐 2루와 3루 사이를 갈랐다. 평소 빠른 공과 포크볼이 좋은 마쓰이가 위기 상황에서는 포크볼을 즐겨 던진다는 사실을 파악하고 있었던 덕분이었다. 내가 발이 느리니 일본 배터리는 그 상황에서 내야 땅볼을

일본 도쿄돔 구장에서 열린 프리미어12 준결승전에서의 역전 적시타

유도할 테고, 그렇다면 결정구는 반드시 포크볼일 수밖에 없었다.

비록 장타는 아니었지만 3루와 2루에 있던 발 빠른 주자 정근우와 이용규가 홈을 밟기엔 충분했다. 그렇게 우리는 9회에 3점 차를 뒤집어 극적으로 4대 3의 역전승을 거두었다.

사람들은 그날 경기를 '도쿄대첩'이라고 불렀다. '조선의 4번 타자'라는 별명도 덩달아 많은 사람에게 알려졌다. 원래 '도쿄대첩'이라고 하면 1998년 파리 월드컵 출전권을 놓고 벌인 축구 한일전에서 최용수 선수와 이민성 선수의 동점골과 역전골로 승리했던 경기를 가리켰는데, 이날도 그 경기 못지않게 많은 사람에게 통쾌함을 주었다는 의미일 터다. '대첩'이라는 말은 임진왜란이나 일제 강점기에 독립군이 거둔 큰 승리를 연상시킨다. 그만큼 일본을 상대로 거둔 극적인 승리는 우리에게 큰 의미가 있었다. 어쨌든 2015 프리미어12 이후로는 사람들이 이야기를 나누다가 '도쿄대첩'이라는 말이 나오면 꼭 축구인지 야구인지를 덧붙여서 구별하게 되었다고 한다.

나는 선수 생활 중에 얻은 수많은 별명 중에서도 '조선의 4번 타자'라는 별명에 제일 애착이 있다. 야구에서 가장 중요한 선수가 맡게 되는 4번 타자를 상징하는 이름으로, 그것도 우리나라를 대표하는 이름으로 기억되는 것보다 더 영광스러운 일이 어디 있겠는가.

2015 프리미어12 대회 우승을 차지한 대한민국

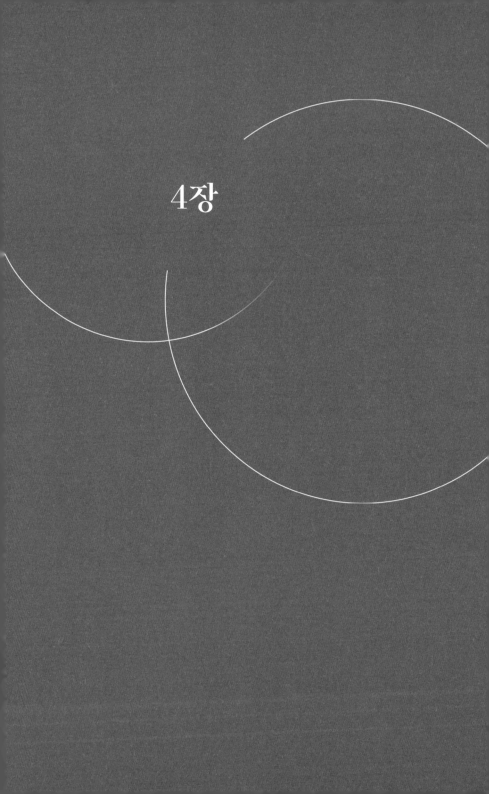

4장

폭투가 날아와도
역전 끝내기 홈런

"No Fear", 롯데의 가을야구

2006년 타격 3관왕 이후 나는 타격에서 완전히 자신감을 얻었다. 정확한 타격에도 비거리를 포기할 필요가 없음을 깨달으면서 상황에 따라 적절한 스윙을 할 수 있게 됐고, 그에 따라 타점 생산 능력이 좋아졌다. 2006년에 88타점을 기록하며 처음으로 타점왕에 오른 뒤 2007년에는 87타점, 2008년에는 94타점을 기록했고 2009년에는 처음으로 100타점을 돌파했다. 이로써 늘 타점 부문에서는 3위권 내에 올랐다.

나 한 사람만의 노력으로 가능했던 일은 아니다. 흔히 야구를 팀 스포츠라고 부르는데, 단지 경기의 승패가 팀 플레이에 달려 있다는 뜻만은 아니다. 선수의 성장에도 코칭스태프와 동료 선수들, 팀의 분위기가 중요한 역할을 한다. 내가 2006년 전후로 한 단계 성장한 타자가 될 수 있었던 것은 그 무렵부터 롯데 자이언츠에도 여러 변화가 일어났기 때문이다. 젊은 타자들이 대거 성장하고 있었고, 외부에서 훌륭한 자유계약선수와 외국인 선수들이 영입되면서 롯데는 리그에서 가장 강력한 공격력을 갖추기 시작했다.

2004년에 포철공고를 졸업하고 입단해 2005년부터 주전으로 나서며 일찍부터 경험을 쌓은 포수 강민호는 수비뿐 아니라 타격도 쑥쑥 성장하더니 2007년에는 2할 7푼대를 쳤고, 2008년에는 타율 .292에 19개의 홈런(그해 홈런 부문 5위)을 날리며 국가대표급 선수로 올라섰다. 2008년에는 군 복무를 마치고 돌아온 조성환 선배가 타율 .327로 그 부문 3위에 오르며 그해 2루수 부문 골든글러브를 수상했다. 역시 2008년에 우리 팀과 정말 잘 어울렸던 화끈한 멕시코인 타자 카림 가르시아가 입단해 무려 111타점을 기록하며 타점왕에 올랐고 홈런도 30개를 때려 그 부문 2위에 올랐다. 그리고 2009년, 롯데 자이언츠가 영입했던 역대 최고의 FA 타자 홍성흔 선배가 두산에서 이적하자마자 LG의 박용택 선수와 치열한 타격왕 경쟁을 벌인 끝에 1리 차이로 2위가 되면서 타율 .371로 지명타자 부문 골든글러브를 수상했다. 사실 그동안 롯데는 FA 영입에 꽤 소극적이었는데, 2004년에 정수근 선수를 6년 장기 계약으로 영입한 뒤로는 몇 년간 투자를 아끼지 않는 모습을 보여주었다.

그 시절 롯데 자이언츠 타선은 리그 최고의 스피드를 자랑하던 정수근, 김주찬 등 테이블세터로부터 조성환, 홍성흔, 나(이대호), 가르시아, 강민호의 중심타선을 거쳐 최고의 수비수들이었던 이승화(이우민으로 개명), 박기혁 등으로 이어지는 구성이었다. 다른 팀에서는 3, 4, 5번 타자 정도를 중심타선이라고 부른다면 당시 롯데 자이언츠는 라인업에서 6, 7명 정도가 다른 팀 중심타선을 압도하는 위력을 자랑했다.

이렇게 강력한 라인업을 구축한 일등 공신은 2008년에 부임한 한국 프로야구 최초의 외국인 감독인 제리 로이스터 감독님이었다. 감독님은 너무 오랫동안 하위권에 머무르면서 우리 선수들에게 스며들었던 열등감과 소극적인 생각들을 가장 먼저 털어내려고 했다. 그리고 한 경기의 승패나 한 타석의 성과에 집착하지 않고 모든 선수가 그라운드에서 소신껏 자신의 능력과 개성을 펼칠 수 있도록 장려했다. 널리 알려진 대로 "두려워 말라No Fear"가 감독님이 내건 슬로건이었다. 그 말처럼 슬금슬금 더그아웃의 눈치를 보며 감독의 지시를 따르려는 소극적인 선수가 아닌 결과에 상관없이 각자의 판단대로 과감하게 플레이하는 선수를 향해 아낌없는 박수와 격려를 보내주시곤 했다.

만일 나 한 사람에게만 타점의 부담이 지워졌다면 '두려움 없이'

스윙을 하긴 어려웠을 것이다. 하지만 내 앞에 기회가 오기 전에 이미 조성환 선배나 홍성흔 선배가 선취점을 만들어놓았고, 내가 유인구에 말려 삼진을 당해도 뒤에서 가르시아나 (강)민호가 얼마든지 추가점을 만들 수 있다는 믿음이 있었다. 그 덕분에 시간이 지날수록 감독과 선수 그리고 상위타선과 하위타선이 서로를 믿고 의지하면서 여유 있게 경기에 임할 수 있었다.

그 결과 2008년, 롯데 자이언츠는 정규시즌 3위에 오르며 무려 8년 만에 가을야구에 진출하는 데 성공했다. 프로 선수가 된 이후 처음 경험하는 가을야구였다. 하지만 포스트시즌은 정규시즌과는 또 다른 무대였다. 정규시즌은 매일 경기가 계속되기 때문에 한 경기에 지더라도 만회할 기회가 주어진다. 매주 6번의 경기 중 상황이 좋을 때는 4번, 그렇지 못할 때는 3번만 이겨도 상위권에 진입해 가을야구를 할 수 있다. 그래서 경기 때마다 승패에 지나치게 집착하기보다는 기본적인 전력을 안정적으로 유지하는 것이 중요하다. 지는 경기에서는 전력을 아끼고 이기는 경기에 집중하는 운영을 할 수도 있다.

하지만 포스트시즌은 달랐다. 단기전이기 때문에 팀의 전력을 최대한 짜내고 집중하는 요령이 필요했다. 하지만 8년 만에 포스트시즌에 진출해 가을야구 경험이 거의 없던 롯데 자이언츠는 그런 요령이 부족했다. 그래서 그해 정규시즌에서 10승 8패로 우세했고, 정규

시즌 순위도 롯데보다 한 단계 낮았던 삼성 라이온즈를 상대로 준 플레이오프에서 내리 3패를 당하면서 무기력하게 탈락해버렸다.

그것이 끝은 아니었다. 롯데 자이언츠는 2008년부터 2012년까지 5년간 꾸준히 포스트시즌에 진출했고, 집요하게 우승을 노렸다. 정규 시즌 성적은 2009년과 2010년에는 연속으로 4위에 올랐고 2011년 에는 3위로 다시 한 단계 올라갔지만 2012년에는 다시 4위로 내려 왔다. 그 시기에 리그에서 가장 강했던 팀은 5년 내내 한국시리즈에 진출해 우승 2번과 준우승 3번을 기록한 SK 와이번스였다. 같은 기 간 상위권에 머물며 준우승 1번을 차지한 두산 베어스도 강팀이었 다. 롯데도 공격력만큼은 두 팀보다 조금 앞섰지만 투수진, 특히 불 펜진의 안정감이 떨어졌다.

하지만 그보다 중요한 차이점이 두 가지 있었다. 하나는 단기전 경험, 특히 단기전에서 '이겨본' 경험이었고, 다른 하나는 선수층의 차이였다. SK나 두산은 고참과 신예들의 조화가 좋았고, 언제든 결 정적인 순간에 투입되어 자기 몫을 해내는 백전노장들이 있었다. 그 래서 주전이 한두 명쯤 잠시 이탈해도 큰 공백이 생기지 않았고, 중 요한 경기에서는 고참 백업 멤버들이 더 큰 활약을 해주는 경우도 자주 있었다.

반면 롯데는 젊은 선수들이 주축인 팀이었다. 젊은 선수들은 힘 과 패기가 있었지만 단기전으로 치러지는 포스트시즌에 들어가면

곧장 얼어붙었다. 그 딱딱한 분위기를 풀어줄 노련한 고참들도 부족했다. 결국 롯데는 2012년을 끝으로 한동안 가을야구를 다시 못하게 되었다.

그럼에도 이때의 경험이 아주 무의미한 것은 아니었다. 이 시기를 지나며 내게 심어진 "No Fear" 정신과 "할 수 있다"는 마인드는 이후 절정의 커리어에서 모든 안락함을 내려놓고 새로운 세계로 나아가는 데 큰 거름이 되었다. 마음이 두려움으로 가득할 때는 '안전'을 최고의 가치로 여기게 된다. 안전한 장소, 안전한 커리어, 안전한 환경에 안주하며 그것을 잃지 않기 위해 소극적인 선택을 할 수밖에 없다. 하지만 두려움이 없는 사람은 현재에 안주하지 않고 더 큰 세상, 더 큰 가능성으로 나아간다.

만약 가을야구를 경험하지 못했다면 나도 더 큰 세상을 꿈꾸지 못했을 것이다. 우물 안 개구리처럼 작은 목표만을 최고의 가치로 삼고, 다 이루었다고 스스로 만족하며 살았을지도 모른다. 돌이켜 생각해보면 정말 아찔하다. 비록 가을야구에서 좋은 성과를 거두진 못했지만 포스트시즌이라는 한 차원 높은 세상을 경험했기에 입단 후 10년이라는 세월이 지났음에도 신인의 자세로 더 큰 가능성을 마음에 품을 수 있었다.

2010년 시즌 준플레이오프에서 홈런을 친 뒤 베이스를 돌고 있다.

7관왕과 9경기 연속 홈런

선수로서 나의 기록이 절정에 이른 것은 2010년이었다. 그해에 나는 도루를 제외한 공격 전 부문 개인 기록에서 1위를 차지했다. 타율(.364), 안타(174개), 홈런(44개), 타점(133개), 득점(99점), 출루율(.444), 장타율(.667) 등 부문 타이틀을 독식하면서 한국 프로야구 역사에서 처음으로 7관왕에 올랐다.

공식 시상 부문은 아니지만 9경기 연속 홈런이라는 진기록을 쓴 것도 그해였다. 8월 4일 두산 베어스의 김선우 투수를 상대로 친 홈런을 시작으로 8월 14일 기아 타이거즈의 김희걸 투수를 상대로 한 것까지, 9경기 내내 매일 홈런을 쳤다. 어디서 공인해주는 것은 아니지만 '세계신기록'이었다. 그 전까지는 미국 메이저리그에서 돈 매팅리와 켄 그리피 주니어 두 사람이 세운 8경기 연속 홈런이 최고 기록이었다.

세상이 온통 떠들썩했던 것에 비하면, 나는 7관왕이나 9경기 연속 홈런 기록에 그렇게까지 들뜨거나 흥분하지는 않았다. 기쁘고 영광스러웠던 것은 당연하지만, 그렇다고 내가 새로운 차원의 선수로 성장했다거나 인생의 목표를 다 이룬 것도 아니었다. 9경기 연속 홈런은 내가 의도한 기록도 아니었고, 앞으로 누구든 의식적인 노력만으로 깰 수 있는 기록도 아니었다. 그 기록을 깨겠다고 덤벼드는 것 자체가 바람직하지 않을 수도 있다. 타격 기술이 완숙하고 타격감이 좋을 때, 집중력과 운이 더해져야만 낼 수 있는 기록이기 때문이다. 의식적으로 열흘 내내 홈런을 노리고 스윙을 해대는 타자가 있다면, 곧 스윙이 커지고 불필요한 힘으로 배트 스피드가 느려지면서 타격감을 잃을 것이다.

10연속 경기 홈런이 무산된 날 기자들에게 "홀가분한 기분"이라고 이야기했는데, 그것이 정말 솔직한 나의 마음이었다. 사실 6경기나 7경기쯤 계속 홈런이 나오던 무렵부터 나도 모르게 스윙이 커지고 힘이 들어가는 것을 느끼고 있었다. 장기적으로 효율적인 타격을 하기 위해서는 간결한 폼으로 돌아가야 했지만, 선수가 개인 '기록'을 완전히 무시하기란 정말 어려운 일이다.

7관왕 기록도 부담스러운 것까지는 아니었지만, 주변에서 말하는 것처럼 큰 의미로 다가오지는 않았다. 개인적인 성취감은 2006년에 3관왕을 달성했을 때가 더 컸다. 그때는 무언가 이루어냈다는 만족감이 대단했고, 앞으로 내가 나아갈 길을 발견했다는 짜릿함이 있었다. 반면 7관왕은 3관왕보다 훨씬 화려하고 영광스러운 기록임은 분명하지만, 이미 이룬 성취에서 조금 더 나아갔다는 것 이상의 느낌은 아니었다. 그렇지만 7관왕을 하면서 묵은 체증이 내려간 듯한 시원함이 있었던 것도 사실이다. 3관왕 때는 내가 느꼈던 성취감에 비해 야구계 일각의 평가가 박했는데, 7관왕을 하면서 그때의 서운함까지 깨끗하게 해소됐기 때문이다.

2006년에 달성한 타격 3관왕(타율, 홈런, 타점)도 대단한 기록이라는 점에는 누구도 이견이 없었다. 한국 프로야구 역사에서도 1984년 삼성 라이온즈 시절에 이만수 감독님이 달성한 이후로는 내가 처음인 대기록이었다. 하지만 그 당시 몇몇 기자들은 늘 나에게 "홈런이 너무 적다고 생각하지 않느냐"라거나 "최근 몇 년간 가장 적은 홈런으로 타이틀을 획득했는데, 어떻게 생각하느냐"라는 질문을 던지곤 했다.

그해 내가 기록한 홈런은 26개였고 다른 해에 비해서는 확실히 적은 편이었다. 하지만 그만큼 투고타저 현상이 심했던 해였고, 그해에 나보다 많은 홈런을 기록한 사람이 없으니 내가 홈런왕이 된 것

뿐이었다. 그래서 조금 기분이 상한 나는 "내가 달라고 한 게 아니니, 나보다 더 홈런을 많이 친 사람에게 갖다주라"거나 "더 잘한 사람한테 3관왕을 주라"고 퉁명스럽게 대꾸하기도 했다. 그 때문에 내가 기자들과 사이가 좋지 않다거나, 기자들에게 불친절한 선수라는 소문이 났지만 말이다.

결국 2006년에 나는 대기록을 세우고도 시즌 MVP가 되지 못했다. 그 상은 같은 해 신인으로서 '투수 트리플크라운(다승, 평균자책점, 탈삼진)'의 위업을 이룬 류현진에게 돌아갔다. 류현진이 MVP를 받은 점은 나도 충분히 이해하지만, 그것과 별개로 나의 기록을 "행운"이라고 표현하는 이들을 만날 때마다 서운한 감정이 드는 건 어쩔 수 없었다.

그런데 2010년 7관왕 때는 44개의 홈런을 비롯해 모든 부문에서 어느 해 못지않은 기록을 올리면서 선수로서 내 가치를 널리 인정받게 되었다. 어쨌거나 나는 한국 프로야구 무대에서 야구 선수로 상상할 수 있는 거의 모든 것을 이룬 셈이었고, 더 큰 무대에서 나의 능력을 시험해보고 싶은 욕심이 스멀스멀 피어오르기 시작했다. 그리고 마침 내가 소속팀을 고르고, 나아가 소속팀의 동의 없이 해외리그에 도전할 수 있는 자유계약선수 자격이 주어지는 시기가 1년 앞으로 다가오고 있었다.

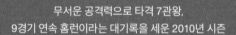

무서운 공격력으로 타격 7관왕,
9경기 연속 홈런이라는 대기록을 세운 2010년 시즌

골든글러브

해마다 각 포지션 별로 최고의 선수 한 명을 선정해 주는 상으로, 이름 그
대로 야구 글러브 모양의 황금색 트로피가 주어진다.

미국의 메이저리그에서는 수비력만을 기준으로 각 포지션에서 가장 훌륭
한 수비수를 가려 선정한다. 공격력으로 승부하는 선수들을 위해서는 '실
버슬러거' 상이 따로 제정되어 있다. 하지만 한국의 골든글러브는 공격력
을 기준으로 선정하고 시상하는 상에 가깝다. 수비력을 선보일 기회가 없
는 '지명타자' 부문에서도 수상자를 선정하고 있기 때문이다.

하지만 불꽃같은 타격 못지않게 우아한 몸놀림과 투혼 넘치는 파이팅으로
순간순간 탄성을 자아내는 명수비수들 또한 야구의 멋과 재미를 이루는
중요한 요소라는 점에서, 그것을 따로 칭찬하고 기리고 기억할 수 있는 매
개를 가지지 못했다는 것은 안타까운 점이다. 골든글러브와 실버슬러거로
나누어 두 가지 능력을 견주는 미국처럼 시상 체계를 재편해야 한다는 의
견이 나오는 이유다.

선택은 무모하게, 도전은 과감하게

2011년 시즌을 마친 뒤 나는 처음으로 자유계약선수 자격을 얻었다. 그렇다고 해서 국내 다른 팀으로 옮기고 싶지는 않았다. 다른 팀 유니폼을 입는다는 것도 그렇지만 롯데 자이언츠 유니폼을 입은 투수를 상대로 배트를 휘두른다는 것은 상상할 수도 없었다. 하지만 외국 리그라면 얘기가 달랐다. 인정하기는 싫지만 각 나라 리그 사이에는 분명 수준 차이가 있었다. 나도 언젠가 수준 높은 리그에서 더 강한 선수들과 부딪쳐보고 싶은 마음이 늘 있었다. 그래서 나는 미국이나 일본 진출을 우선적으로 고려하기로 마음먹었다.

한국에서 롯데 자이언츠 선수로 계속 남고 싶은 마음도 당연히 있었다. 처음 야구를 시작할 때부터 롯데 선수가 되는 것이 꿈이었고, 10여 년간 숱한 추억을 쌓으며 함께 울고 웃은 동료들이 이곳에 있었다. 태어나고 자란 부산을 떠난다는 두려움도 있었고, 무엇보다 첫 아이를 임신한 아내가 만삭이 되어갔다. 출산과 육아를 앞두고 있는 아내에게 해외로 첫발을 내딛는 남편의 내조까지 해달라고 부탁할 염치가 없었다. 롯데 구단도 내가 남아주기를 원했다. 원 소속 구단 우선 협상 기한이 끝나기 직전에는 총액 100억 원이라는 대형 계약을 제시하기도 했다. 보장액이 얼마이고 옵션이 얼마인지 등 구체적인 내역이 제시되지 않은 구두 제안이었지만 구단은 한국 프로야구에서 누구도 받아보지 못했던 큰 액수로 나를 필요로 한다는 의지를 보여주었다.

하지만 야구 선수로서의 꿈은 계속 해외로 나아갔다. 아직 젊은 나이였기에 낯선 곳에 대한 두려움보다는 자신감과 의지가 더 강했다. 지금이 아니면 해외 진출이 더 어려워질지 모른다는 조바심도 생겼다. 1년이라도 더 늦기 전에 해외 리그에서 선수로서 나의 능력치가 어느 정도인지 시험해보고 싶었다. 그렇게 나는 결국 일본행을 택했다.

나는 센트럴리그 소속 구단이자 오사카에 연고를 둔 오릭스 버팔로스와 2년간 총액 7억 엔에 계약을 맺었다. 오사카는 재일교포가 많은 일본 제2의 도시로 나의 고향인 부산과 비슷한 느낌을 주는 곳이었다. 오릭스는 과거에 스즈키 이치로와 구대성 선배 같은 대선수들이 뛰었던 전통 있는 팀이다. 하지만 내가 입단할 당시 오릭스는 주로 리그 중하위권에 머물렀고, 특히 공격력이 약했다. 그것이 한국 프로야구를 약간 낮게 평가하는 일본 구단에서 나를 일본 기준으로도 파격적인 금액으로 영입한 이유였다.

직접 경험해본 일본 야구는 한국과 비슷한 점도 많았지만 미묘하게 다른 점도 많았다. 우선 상대적으로 투수층이 두꺼워서 각 팀에 에이스가 아닌 4, 5선발급의 투수들도 시속 150킬로미터 이상으로 빠른 공을 던지는 경우가 많았다. 아무래도 고등학교 야구부가 한국보다 백 배 이상 많다 보니 선수가 많이 배출되었고, 그만큼 선수층도 두꺼웠다. 그 외에도 일본에서 사용하는 공인구는 약간 묵직한 느낌이 들었다. 배트 중심에 공을 정확히 맞혀도 한국에서보다 공이 조금 덜 뜨는 느낌이 있었는데, 그 때문인지 한국에서 뛸 때보다 홈런 수가 조금 줄었다.

시즌 초에는 홈런이 생각만큼 터지지 않아 약간 고전했다. 이른 시점에 인상적인 홈런을 하나 날리고 싶었지만, 마음대로 타구가 뜨지 않았다. 원래 홈런 욕심을 내는 편은 아니었다고 해도, 공격력 강화를 위해 거액을 받고 영입된 외국인 타자로서 일찌감치 강렬한 인상을 남기고 싶었던 모양이다. 기대하는 홈런이 나오지 않으니 나도 모르게 스윙이 커지고 배트 스피드가 느려지면서 오히려 타격감이

엉키는 느낌마저 들었다.

하지만 역설적이게도 홈런에 대한 욕심을 품고 있는 나를 발견하고, 우중간으로 타구를 정확히 날리는 이미지 트레이닝을 하면서 원래의 폼을 되찾고 홈런이 나오기 시작했다. 4월 21일에 첫 홈런이 나온 뒤 일주일에 하나씩, 사나흘에 하나씩 간격을 좁혀가며 타구가 담장을 넘기 시작했고 한 달 만인 5월 말쯤엔 어느새 10개의 홈런으로 센트럴리그 홈런 부문 1위에 이름을 올렸다. 내가 밀어 치면서 타격감을 회복하려고 들자 몸 쪽이 약점이라고 인식한 투수들이 집요하게 몸 쪽으로 공을 붙이려 들었고, 나는 또 그것을 자연스럽게 당겨 쳐서 쉽게 담장을 넘겼다. 간결한 스윙을 해도 정확한 타이밍에 배트 중심으로 공을 맞히기만 하면 얼마든지 홈런을 만들 수 있다는 사실을 다시 알 수 있었다.

이미 알고 있던 사실이지만 오릭스는 전력이 그다지 강하지 못했다. 특히 테이블세터의 출루율이 높지 못했다. 나는 4월 한 달 동안 꽤 부진했는데도 시즌 내내 팀 내 도루를 제외한 모든 부문에서 1위였을 뿐만 아니라 팀 내에서 리그 공격 부문 개인 순위에 이름을 올리는 유일한 선수였다. 그 시즌에 나는 150개의 안타를 쳐서 .286의 타율을 기록했고 24홈런과 91타점을 올렸는데, 리그에서 홈런은 공동 2위, 안타는 5위, 타율은 10위였다. 테이블세터들의 출루율이 부진해 주자들을 많이 모으지 못한 어려운 조건에서 기록한 91개의 타점으로 리그 타점왕 타이틀을 따낸 점은 스스로 생각할 때 가장 대견한 부분이었다.

그 시즌에 나는 팀의 144경기에 모두 출전했다. 9월쯤엔 누적된 피로 때문인지 허리와 발목에 약간의 통증이 있었지만 워낙 공격력이 빈곤했던 팀 사정상 내가 빠지기 곤란했다. 그때 출전을 강행하느라 개인적으로 타율에 약간 손해를 보긴 했지만, 그래도 입단 첫해에 시즌 전 경기 출장을 이루어냈고 개인 타이틀도 하나 수확했다는 점에서 보람이 있었다.

이듬해에는 조금 더 나아졌다. 홈런과 타점은 전 시즌과 정확히 똑같은 24개와 91개였다. 하지만 리그와 팀에 적응하면서 마음이 조금 편해졌는지, 시즌 내내 기복 없는 페이스를 유지한 덕에 타율이 조금 올라 .303을 기록했다. 2할대 후반이나 3할대 초반이나 사실 별 차이가 아닐 수도 있지만, 타자에게 3할이란 일종의 자존심이다. 팀이라면 승률 5할, 타자라면 3할은 넘겨야 민망한 기분이 들지 않는다. 그 시즌에도 마지막 경기까지 조금이나마 신경 쓴 개인 기록이 있다면 3할 타율이었는데, 아슬아슬하게나마 달성해내어 기분 좋게 시즌을 마무리할 수 있었다.

자유계약선수 FA, Free Agent

리그에 참여하는 구단들끼리 담합해 선수들에 대한 지명권과 독점적 계약 교섭권을 보장하는 한국 프로야구 리그에서 선수들이 자율적으로 구단과 계약할 수 있는 제한적인 기회다.

미국 메이저리그는 1976년에 이 제도를 처음 도입했으며, 메이저리그에서 6시즌을 보낸 선수라면 누구나 자유계약을 할 권리를 얻게 된다. 그리고 그 선수와 새로이 계약을 맺는 구단은 그 선수의 등급에 따라 원소속구단에 이듬해의 신인지명권을 내주는 것으로 보상한다.

한국도 1999년부터 자유계약제도를 도입하고 있고 몇 차례의 규약 개정을 통해 문턱을 낮추고는 있지만, 여전히 1군에서만 8시즌(대졸 선수는 7시즌)을 머물러야 자격을 얻을 수 있을 뿐만 아니라 자유계약선수를 영입하려는 구단에서 원 소속구단에 적지 않은 보상을 해야 한다는 점에서 좀 더 까다롭다. 따라서 한국에서는 어느 팀에서건 요긴한 역할을 할 수 있는 수준의 선수가 아니고는 자유계약을 통해 팀을 옮기거나 확연히 개선된 대우를 받는 것이 쉽지 않다. 하지만 정말 대체 불가능한 가치를 가진 선수라면, 선수 인생에서 딱 한두 번, 수십억 원에서 백 수십억 원 까지도 만져볼 수 있는 기회가 되기도 한다.

한국시리즈 대신 일본시리즈

일본에서 보낸 첫 두 시즌 모두 팀 성적은 좋지 않았다. 2012년에는 리그 6팀 중에 꼴찌인 6위, 2013년에는 한 단계 오른 5위였다. 오릭스와의 2년 계약이 종료된 후, 나는 잔류해달라는 구단의 요청을 정중히 거절하고 후쿠오카에 연고를 둔 퍼시픽리그의 소프트뱅크 호크스로 이적했다.

오릭스에서의 생활은 무척 만족스러웠고, 동료나 코칭스태프와도 정이 많이 들어 이적이 가벼운 선택은 아니었다. 하지만 최하위권 팀에서 뛰는 일은 생각보다 쉽지 않았다. 더구나 짧은 기간에 새로운 경험을 하고 싶었던 나에게는 적절하지 않은 일이었다. 짧은 기회라면 우승에 도전할 수 있는 팀에서 뛰고 싶었고, 가능하다면 우승에 일조하는 선수가 되고 싶었다.

소프트뱅크가 그런 팀이었다. 90년대 후반 이후 늘 리그 상위권에 머물러온 팀이었고, 2010년과 2011년에 2년 연속으로 퍼시픽리그 우승을 달성했다. 2011년에는 일본시리즈를 제패한 팀이기도 했다. 내가 오릭스에서 뛰던 2012년과 2013년에는 3위와 4위로 처지면서 약간의 침체기를 겪었고, 공격력을 강화할 필요가 있다는 판단에서 나를 영입한 것이었다.

일본 리그에서 2년간 검증을 거친 덕에 계약 규모는 오릭스에 입단할 때보다도 훨씬 불어났다. 3년간 19억엔. 우리 돈으로 환산하면 대략 300억 원에 육박하는 거액이었다. 프로 선수가 높은 몸값을 받는 것은 뿌듯한 일이기도 하지만 액수에 걸맞는 성과를 내야 한다는 점에서 부담스러운 일이기도 하다. 나는 부담스러운 마음을 애써 내려놓고 '나의 야구'에 집중하기로 마음먹었다. 간결하고 정확한 스윙, 1, 2루 사이를 꿰뚫는 안타에 대한 이미지 트레이닝. 그런 노력 덕분이었는지 지바롯데와 만난 개막 시리즈 3연전에서 12타수 7안타를 치며 3연승을 이끌었고, 언론과 팬들의 관심이 집중되던 초기부터 좋은 평가를 받으며 좀 더 편안한 마음으로 시즌을 시작했다.

편한 마음으로 임하니 홈런도 자연스럽게 나왔고, 그에 못지않게 중거리 안타들도 양산되었다. 소프트뱅크는 오릭스보다 확실히 강한 팀이었고, 나 외에도 중심 타선에서 좋은 역할을 하는 타자들이 많았다. 오릭스에서는 간혹 주자가 없는 상태에서도 득점을 만들거나 분위기를 바꾸기 위해 큰 스윙으로 장타를 노릴 때도 있었는데, 소프트뱅크에서는 그럴 필요가 거의 없었다. 덕분에 나도 간결한 스윙 폼을 유지할 수 있었다.

나는 2014년에 19홈런과 68타점으로 오릭스 시절보다 약간 떨어진 기록을 얻었지만, 안타는 리그 2위에 해당하는 170개를 쳤고, 특히 2루타가 리그에서 5위에 해당하는 30개까지 늘어났다. 타율은 정확히 3할이었다.

그해가 내게 깊이 각인된 또 다른 이유가 있다. 2014년에 나는 프로야구 선수가 된 후 처음으로 리그 우승을 경험했다. 그해 소프트뱅크는 78승 60패의 성적으로 퍼시픽리그 1위에 오른 뒤 파이널 스테이지에서 오타니가 속해 있던 니혼햄 파이터스를 4승 3패로 눌렀고, 일본시리즈에서는 친구인 오승환이 마무리투수로 활약하던 한신 타이거즈를 4승 1패로 누르며 최종 우승자가 되었다. 팀이 3년 만에 되찾아온 우승이었고, 내가 프로 선수로서 경험한 첫 우승이었다. 일본시리즈에서 나는 2차전에 홈런 한 개 그리고 3차전에 2타점 적시타를 하나 기록했다.

롯데나 오릭스 시절에는 대부분 팀 성적에 비해 나의 개인 기록이 더 좋았다. 반대로 소프트뱅크에서는 내 역할이 그다지 크지 않았

2014년 일본시리즈에서 홈런을 날리다.

음에도 좋은 선수가 많은 덕분에 우승할 수 있었다. 나도 아주 부진한 것은 아니었지만 내가 이끌어가는 우승이었다면, 얼마나 더 짜릿했을까 궁금했다.

그 이듬해인 2015년이 더욱 강렬하게 기억에 남는 것은 아마 그때문일 것이다. 좀 더 긴 시간, 충분한 훈련을 통해 몸을 잘 만들면서 준비한 덕분에 나는 시즌 개막일부터 종료일까지 기복 없이 컨디션을 유지했다. 성적도 좋아졌다. 일본에서의 네 시즌 중 가장 많았던 31개의 홈런과 98개의 타점, 144개의 안타와 .282의 타율이 그해 나의 성적이었다.

팀은 90승 49패로 무려 65%에 가까운 승률을 올리며 압도적인 리그 우승을 달성했다. 전 시즌과 비교해도 무려 12승이 늘어난 엄청난 페이스였다. 그런 강세는 포스트시즌에도 이어졌는데, 파이널 스테이지에서는 지바롯데 마린스를 4대 0으로 일방적으로 누르면서 작년에 이어 일본시리즈에 진출했다. 그 네 경기에서 나는 홈런 2개를 포함해 12타수 5안타, 4타점을 기록했다.

일본시리즈에서는 3년 전까지 임창용 선배가 주전 마무리투수로 뛰었던 야쿠르트 스왈로즈와 맞붙었다. 내게는 1년간 별러왔던 무대였다. 나는 혼신의 집중력으로 내 존재감을 드러냈다. 1차전에 3안타를 때린 데 이어 2차전에는 선취점을 뽑아내는 투런 홈런을 때려냈다. 3차전에는 몸에 공을 맞고 도중에 교체되어 나왔지만 4차전에서 다시 3안타 4타점 그리고 마지막 경기가 된 5차전에서도 다시 선제 2점 홈런을 기록했다. 시리즈 전체를 통해 결승타 3개를 포함해 8개의 타점을 기록했는데, 5차전까지만 치러진 경우에 한정하면 일본시리즈에서 나온 역대 최다 타점 기록이라고 했다.

팀은 2년 연속 우승을 달성했고, 나는 일본시리즈 MVP에 오르는 기쁨을 맛보았다. 늘 꿈꾸던 우승을 2년 연속으로 이루어낸 것만 해도 행복한 일이었는데, MVP라니 마치 꿈을 꾸는 것 같았다. 게다가 나는 그해 포지션별로 일본 프로야구를 대표하는 9명의 선수를 선정하는 '베스트9'에도 선정됐는데, 일본 리그 첫 해인 2012년에 1루수로 선정됐던 것과 달리 그해는 지명타자 부문이었다. 한국에 이어일본에서도 정상의 자리에 올랐다는 감격과 함께 그동안의 고생이 주마등처럼 눈앞을 스쳤다.

한국과 일본 프로야구의 포스트시즌
한국 프로야구의 포스트시즌은 정규시즌에 상위권을 기록한 팀들이 단기전 승부를 벌여 최종 우승팀을 가리는 방식으로 진행된다. 8개 팀으로 운영되던 시절에는 4위까지, 10개 팀으로 늘어난 오늘날에는 5위까지의 팀이 참가 자격을 얻게 되며, 아래로부터 차례로 대결을 벌여 우승에 도전한다. 5위와 4위 팀이 와일드카드전을 벌여 승리한 팀이 3위 팀과 준플레이오프를, 거기에서 승리한 팀이 2위 팀과 플레이오프를 벌이며, 거기에서

2014년, 2015년 일본시리즈 연속 우승에 더해
2015년 일본시리즈 MVP에 선정되다.

승리한 팀이 1위 팀과 한국시리즈를 치른다. 단일리그로 운영되는 한국 프로야구에서 그나마 정규시즌에서 좋은 성적을 거둔 팀에게 어드밴티지를 주기 위해 오랜 세월 동안 고심하고 수정한 끝에 정착한 제도이다.

한국과 달리 양대 리그로 운영되는 일본 프로야구는 포스트시즌 운영 방식도 많이 다르다. 기본적으로 양대 리그인 퍼시픽리그와 센트럴리그의 우승팀이 맞붙어 최종 우승팀을 가리는 일본시리즈를 치르는 방식인데, 각 리그의 우승팀은 한국의 플레이오프에 해당하는 클라이맥스 시리즈 Climax Series를 통해 결정한다. 클라이맥스 시리즈는 퍼스트스테이지(1회전)와 파이널스테이지(2회전)로 나뉘는데, 퍼스트스테이지는 정규시즌에 각 리그에서 2위와 3위에 오른 팀이 맞붙어 3전 2승제를 치른다. 하지만 2위 팀에게 먼저 1승을 부여하기 때문에 2위 팀은 1승, 3위 팀은 2승을 하면 다음 라운드로 올라설 수 있다. 파이널스테이지는 7전 4승제로 진행되는데, 역시 1위 팀에게 1승 어드밴티지를 주기 때문에 1위 팀은 3승, 퍼스트 스테이지를 거친 하위팀은 4승을 해야 일본시리즈로 진출할 수 있다.

인생이란 맨땅에 슬라이딩

소프트뱅크는 우승을 목표로 하는 팀이었다. 팀의 모든 구성원이 우승이라는 목표를 분명하게 인식하고 그것을 위한 노력을 아끼지 않았다. 모든 팀이 우승을 목표로 하지만 모두가 소프트뱅크처럼 하지는 않는다. 모기업은 우승을 위해 투자를 아끼지 않고, 구단 프런트는 우승에 도움이 되느냐만을 기준으로 코칭스태프와 선수단을 구성하고 지원하며, 선수들은 오직 우승에 필요한 경기력을 만들기 위해 최선의 노력을 다하는가? 말처럼 쉽지 않은 일이다. 소프트뱅크처럼 정말 우승이라는 공동의 목표를 위해 마음과 노력을 쏟는 팀이라면, 실제로 우승을 한다.

모기업 소프트뱅크의 손정의 회장은 야구단 호크스의 모든 결정권을 오 사다하루 회장에게 일임하고, 우승에 필요한 재정을 전폭적으로 지원한다. 호크스의 오 사다하루 회장은 우승에 꼭 필요한 지도자와 선수를 파격적인 조건으로 영입하여 경기력을 올리고, 승리를 늘리기 위해 필요한 것이라면 무엇이든 제공한다. 코칭스태프들 역시 우승이라는 단순한 기준으로 선수를 선발하고 훈련시키고 기용한다. 우승을 위한 노력이 곧 최고의 대우로 이어지기 때문에 선수들도 최고의 집중력을 발휘한다.

소프트뱅크 호크스는 내가 입단하기 전에도 15년간 5번이나 우승했을 만큼 우승에 익숙한 팀이었고, 내가 떠나온 다음에도 2017년부터 2020년까지 5년 연속으로 퍼시픽리그를 제패하고 일본시리즈에 진출해 2번의 우승과 3번의 준우승을 기록한 팀이다. 내가 2년간 뛰면서 우승을 경험하고 일본시리즈 MVP를 수상하긴 했지만, 내가 있어서 우승할 수 있었다거나 내가 없다고 우승할 수 없는 팀은 아니었던 것이다.

그곳 후쿠오카에서의 생활은 완벽히 만족스러웠다. 야구에 집중할 수 있는 환경과 최고의 대우, 내가 내 몫만 해낸다면 언제나 우승을 할 수 있는 조건…. 강팀에 속해서 야구를 한다는 것이 얼마나 편안한 일인지, 1년간의 노력을 우승으로 보상받는다는 것이 얼마나 즐거운 일인지 그 2년 동안 깊이 체감했다.

하지만 일본에서 보낸 네 번째 시즌이 마무리되면서 새로운 고민이 고개를 들었다. 나는 소프트뱅크와 계약을 맺을 때부터 미국 진출을 염두에 두고 있었다. 소프트뱅크에 입단할 당시, 언론에는 3년 계약이라고 발표되었지만, 정확히는 2+1년이었다. 첫 두 시즌에 각각 500타석 이상을 소화하는 경우에 한해 3년차에 자유계약선수의 자격을 부여한다는 내용이었다. 자유계약을 하더라도 일본이나 한국 팀과는 계약할 수 없고, 미국 메이저리그 팀과만 계약할 수 있다는 단서도 달려 있었다.

시즌 500타석이라는 조건은 1년 내내 1군 주전 자리를 비우지 않는 경우에만 달성할 수 있는데, 나는 두 시즌 모두 거의 전 경기에 선발 출장해 600타석 안팎을 소화함으로써 그 조건을 충분히 달성했다. 소프트뱅크에 남을지, 메이저리그에 도전할지를 선택해야 하는 순간이 온 것이다.

구단은 내가 남아주기를 바랐다. 아시아 최고의 홈런왕으로 불릴 만큼 전설적인 선수이기도 했던 소프트뱅크 호크스의 오 사다하루 회장님이 직접 나를 불러 내년에도 함께하자고 간곡하게 말씀해주시기도 했다. 만약 잔류한다면 5년 장기 계약을 맺고 싶다는 뜻과, 총액 기준 25억 엔을 제시할 생각이라는 구단의 방침까지 밝히셨다. 5년간 25억 엔이라는 계약 규모는 일본 프로야구에서도 최고 대우에 해당했다. 이미 30대 중반을 넘어서던 나를 그만큼 높이 평가하고, 내 선수 인생의 마지막까지 함께하고 싶다는 뜻을 담은 조건이었다. 그만큼 소프트뱅크의 태도에서는 진심이 묻어났다. 나와 흥정을 하겠다는 생각이 아니라, 제시할 수 있는 최대치를 보여주며 나를 필요로 하는 마음을 표현해주었다.

하지만 그 팀에서 은퇴한다는 것은 메이저리그에 도전하는 꿈을 영영 포기해야 한다는 의미였다. 선수 생활의 마지막은 롯데 자이언츠에서 맞이하겠다는 막연한 계획도 접어야 했다. 소프트뱅크에 깊은 애정을 갖고 있기는 했지만, 그곳에서 내 선수 인생의 마침표를 찍겠다는 생각은 해본 적이 없었다.

5년 장기 계약이 아니라 2년 정도의 단기 계약을 하는 방법도 있었고, 내가 달성한 옵션을 포기하고 그냥 계약을 유지하는 방법도 있었다. 하지만 그곳에서 뼈를 묻을 것이 아니라면 1년이나 2년을 더 뛴다고 해서 새로운 의미가 있을 것 같지는 않았다. 그 1년과 2년이 어쩌면 메이저리그 도전을 완전히 불가능하게 만드는 시간이 될 수도 있었다.

인생이 짧다고들 하지만, 선수 인생은 그보다도 훨씬 짧다. 롯데에서 뛰던 20대 초반에는 시간이 무한정 남아 있는 것처럼 느껴졌고, 무엇이든 할 수 있다고 생각했다. 잘못된 선택을 한다고 해도 다시 일어날 힘과 시간이 있었다. 하지만 우리 나이로 서른셋이 넘어가니 작은 선택 하나하나가 너무나 많은 것을 바꿀 수 있다는 걸 깨달았다. 그러니 마음이 자꾸 조급해졌다. 그때 나는 어느 유명한 만화 속 대사를 떠올렸다.

"여보게. 자네는 죽기 직전에 못 먹은 밥이 생각나겠는가, 아니면 못 이룬 꿈이 생각나겠는가?"

사실 그리 어려운 문제가 아니었는지도 모른다. 애초에 롯데 자이언츠를 떠날 때도 내가 바라본 것은 큰돈이 아니라 더 큰 기회였기 때문이다. 그렇다면 이미 결론은 나와 있었다. 다만 문제는 '그 도전을 계속할 것인가, 아니면 그쯤에서 멈추고 안락한 환경에서 선수 생활을 마무리할 것인가'였다.

결국 나는 수십억 원이라는 손해를 감수하고 메이저리그에 도전하기로 결심했다. '돈'보다 '꿈'이라고 생각하니 선택지가 명료해졌다. 나중에 후회하지 않을 쪽을 택하자는 생각으로 눈을 질끈 감고 결정을 내렸다. 꿈을 향해 가보겠다는 결심에 아내도 흔쾌히 동의했다. 내가 결심했다고 해서 모든 문제가 끝나는 것은 아니었다. 한국과 일본에서는 정상급 타자라는 평가를 받았지만, 메이저리그의 콧대는 생각보다 더 높았다. 내가 메이저리그를 원하는 만큼 메이저리그도 나를 원하지는 않았다.

나에게 관심을 가지는 메이저리그 구단은 적지 않았다. 하지만 안정적으로 뛸 수 있는 기회를 주겠다는 곳이 없었다. 모든 구단이 입단 후 구단의 판단에 따라 마이너리그를 거칠 수도 있다는 조건을 담은 계약서를 제시했다.

내가 고등학교를 졸업하고 곧바로 메이저리그에 도전했다면, 아니 최소한 20대였다면 그런 조건을 받아들일 수 있었을지도 모른다. 경쟁이 얼마나 치열하든 살아남아 메이저리그 무대에 올라설 자신이 있었기 때문이다. 하지만 나는 이미 30대 중반을 넘어 후반으로 접어드는 타자였고, 어느 구단에건 '가능성'이 아니라 당장의 '가치'를 팔아야 하는 처지였다. 나를 입단시킨 뒤 마이너리그로 내려보낸다는 의미는 그곳에서 나를 키우겠다는 의도가 아니라 연봉이라도 절약하면서 폐기 처분하겠다는 의도일 수밖에 없었다. 그래서 나는 계약금과 연봉을 낮추는 한이 있더라도 마이너리그 강등 거부권과 메이저리그 25인 로스터에 포함시키겠다는 조건을 보장하는 계약서를 요구했다.

하지만 메이저리그 구단에게 나는 확실히 검증된 선수가 아니었다. 타격이 부진할 때 수비나 주루로 대신 활용하기에도 난감한 유형이었다. 아시아 리그 출신의 타자 중 메이저리그에서도 성공한 사례가 극히 드물다는 점도 나에게는 불리하게 작용했다. 일본 프로야구 출신의 스즈키 이치로와 마쓰이 히데키, 한국 출신의 추신수 정도가 큰 성공을 거두었지만 나처럼 한국 프로야구에서 잔뼈가 굵은 타자가 건너와서 성공을 거둔 전례가 별로 없었다. 추신수도 한국 프로야구에서 성장한 선수가 아니라 미국 마이너리그 시스템으로 육성한 선수였기 때문에 나를 판단할 참고자료가 될 수 없었다.

결국 계약 시한이 다 돼가도록 내가 원하는 조건을 제시하는 팀은 없었다. 이제 남은 선택은 '원래 받던 연봉의 몇 분의 일에 불과한 초라한 대우와 마이너리그 강등을 각오하고라도 계약서에 서명할 것인가, 아니면 이미 최고 대우를 약속한 제2의 친정팀 소프트뱅크에 남아서 3년 연속 우승에 도전할 것인가'였다.

그 선택의 갈림길에서 결국 나는 누군가 "미치지 않고서는 택할 리가 없다"라고 했던 험한 길을 택했다. 시애틀 매리너스와 1년간 총액 400만 달러, 보장금액은 100만 달러에 불과한 스플릿 계약서에 눈을 질끈 감고 사인을 했던 것이다. 기왕 도전하기로 마음을 먹은 이상, 만만한 도전만 골라서 하는 것은 스스로 용납할 수 없었다. 나에게 도전이란 "누구든지 와서 덤벼라" 하고 외치는 것을 의미했다. '지면 어떡하지?'라는 생각은 애초에 머릿속에서 지워버렸다. 그게 나의 방식이었다.

2016년 미국에서 만난 이대호와 강정호가 몸을 풀고 있다.

시애틀의 DHL

팀 내에서 입지가 확립된 선수와 그렇지 못한 선수 사이에는 큰 차이가 있다. 예컨대 내가 2년간 뛰었던 소프트뱅크에서는 내가 부상을 당하지 않는 한 안정적으로 출전 기회를 얻을 수 있었다. 혹시 사소한 부상이 발견되어도 충분히 회복될 때까지 치료를 받거나, 휴식할 수 있었다. 가족의 도움이 필요하다면 가족과 함께할 수 있는 환경도 구단에서 마련해줄 터였다.

하지만 '신인'의 입지는 완전히 다르다. 매 순간 경쟁자들보다 나은 나의 가치를 입증해야 하고, 한 경기만 부진해도 '앞으로 한두 번 더 부진이 이어지면 경쟁에서 탈락할지도 모른다'라는 조바심이 생긴다. 또 열심히 뛰다가 부상을 당해 열흘 정도 출전 명단에서 제외되면, 그 사이에 기회를 얻은 다른 경쟁자에게 밀려날까 봐 부상을 숨기고 출전하는 경우도 있다. 롯데 자이언츠에 막 입단했던 신인 시절 충분히 경험했던 그런 생활을, 30대 중반에 다시 시작해야 한다는 사실이 막막하고 아득했다.

하지만 한번 결정을 내린 이상, 다른 길은 없었다. 경쟁에 나서기로 했다면, 무슨 수를 써서라도 이겨내는 수밖에 없었다. 만약 경쟁에서 탈락한다 해도 나름대로 얻는 게 있을 테니 받아들이기로 결심했다. 괴롭기야 하겠지만 실패가 두려워 도전을 회피하는 것은 나답지 않았다. 말이야 쉽지만 이런 결론을 내기까지 숱한 밤을 설쳐가며 고민했다.

시애틀의 지명타자 자리는 넬슨 크루즈의 것이나 다름없었다. 넬슨 크루즈는 해마다 3할 타율에 40홈런, 100타점을 기록하는 선수였고, 당장 내가 봤을 때도 나보다 확실히 수준이 높았다. 1루수 자리에도 밀워키에서 이적한 애덤 린드가 버티고 있었다. 3할 타율에 20개 이상의 홈런을 꾸준히 기록해온 준수한 선수였다. 당장 스프링캠프와 시범경기에서 내가 그 선수들보다 뛰어난 가치를 보여주기란 불가능했다. 따라서 나는 상대 팀이 좌투수를 기용할 때 좌타자인 애덤 린드를 대신해 출전할 플래툰 우타 1루수이면서 상황에 따라 지명타자와 대타로 기용될 수 있는 선수임을 증명해야 했다. 그러려면 좌투수를 상대로 상황에 맞는 정확한 타격을 할 수 있는 기술과 선구안 그리고 1루수로서 안정적인 수비력을 보여줄 필요가 있었다. 그런 점에서 내가 이겨야 할 경쟁자는 헤수스 몬테로나 가비 산체스 정도였다. 내가 볼 때 두 선수 각자 나름대로 장점은 있었지만 팀이 원하는 요소가 무엇인지 정확히 이해하지 못했거나, 그 요구에 부응하는 능력을 보여주는 데 실패하고 있었다.

타격의 정확성과 파워 면에서도 내가 두 선수보다 떨어지지 않는다는 자신감이 있었지만, 그보다 더 자신 있었던 것은 수비력이었다. 나는 한국에서 발이 느리다는 선입견 때문에 수비력에 관해 늘 좋은 평가를 받지 못했다. 내가 주로 3루수로 나섰던 시절에는 내가 닿지 못하는 영역까지 책임지느라 유격수 박기혁이 태평양만큼 넓은 범위를 책임져야 한다는 우스갯소리가 야구팬들 사이에서 회자되기도 했다. 하지만 수비 범위는 내야수가 갖춰야 할 수비 능력 중 절반에 불과하다. 나머지 절반은 포구 능력, 특히 땅볼을 잡아내는 능력인데, 야수들의 송구 대부분을 처리하는 1루수에게는 이 능력이 훨씬 중요하다.

나는 어린 시절 포수를 맡은 적도 있었고, 고등학생 시절에도 투수와 3루수를 함께 연습했다. 3루수는 유격수에 비해 수비 범위가 좁지만 강한 땅볼 타구를 자주 처리해야 하고, 1루까지 먼 거리를 빠르게 송구하는 능력도 갖춰야 한다. 그동안 공을 잡는 동작에 관해서는 누구보다 많이 연습해왔기에 상황에 따라 달려들거나 한 발을 뒤로 빼면서 공을 잡아내는 동작은 어떤 상황에서도 반사적으로 해낼 수 있었다. 어디로 튈지 모르는 강한 땅볼 타구를 무난하게 처리할 수 있다는 자신감도 있었다.

1루수는 내야수들의 송구도 안정적으로 처리해야 하기에 같은 팀 내야수들의 팔 각도와 구질도 잘 분석해서 기억해두어야 한다. 혹시 내야수가 악송구를 하더라도 아무렇지 않은 듯 받아낸 뒤 엄지를 치켜세울 수 있는 여유도 필요하다. 조금 불안하게 던진 공을 편안하게 받아주면 내야수들도 심리적으로 안정되어 송구가 점점 정확해지기 때문이다.

오릭스에서 소프트뱅크로 이적한 첫 시즌인 2014년, 하루는 코치로부터 유격수 이마미야 겐타가 "1루수는 늘 이대호가 맡아주었으면 좋겠다"라고 말했다는 이야기를 들은 적이 있었다. 퍼시픽리그 최고 유격수라고 평가받던 이마미야지만 당시에는 입스Yips를 겪은 탓에 송구가 들쑥날쑥했기 때문이다.

입스는 아무 신체적인 이유 없이 갑자기 공을 제대로 던지지 못하는 증상을 말하는데, 대개는 심리적인 요인 때문인 것으로 알려져 있다. 투수나 내야수들은 폭투나 악송구를 저지른 이후에 갑자기 팔이 말을 듣지 않는 경험을 하게 되는데, 짧으면 며칠 안에 괜찮아지기도 하지만 어떤 경우에는 영영 예전처럼 공을 던질 수 없게

되기도 한다. 그래서 유명한 선수 중에도 외야수나 1루수처럼 송구
의 정확성이 덜 요구되는 포지션으로 전향하는 이들이 꽤 있다.

심리적 문제가 원인이라면 해결책도 심리적인 불안을 제거하는
데서 시작되어야 하는데, 가장 좋은 해결책은 불안한 송구를 안정
적으로 처리해주는 동료 수비수의 도움이다. 이마미야의 송구는 확
실히 불안했다. 정상적인 포구 범위에서 사방으로 1미터 이상 벗어
나는 송구가 경기마다 몇 개씩은 나올 정도였다. 하지만 나는 최대
한 여유로운 동작으로 공을 잡아낸 다음, 별일 아니라는 듯이 씩 웃
어 보였다. 그런 일이 반복되면서 이마미야의 송구도 안정되어갔다.
나는 땅볼도 잘 잡았지만, 키가 크고 팔다리가 길어서 어지간한 악
송구는 악송구로 보이지 않게 만드는 장기를 가지고 있었다. 그 덕
분에 이마미야도 내가 1루수 자리에 있을 때 더 편안함을 느낀 것이
었다.

나는 시애틀에서 처음 참여한 스프링캠프에서도 실수 없이 타구
와 송구를 잡아냈고, 애써 여유 있는 표정을 지으며 동료 야수들에
게 '엄지 척'을 날리곤 했다. 함께 연습 경기를 치르는 동안 내야수들
이 표현해오는 친근감이 하루가 다르게 강해지는 것을 느꼈고, 내가
동료로서 인정받고 있음이 느껴졌다. 당시 시애틀 선수단의 캡틴이
었던 2루수 로빈슨 카노는 가장 먼저 나의 미묘한 가치를 알아보고
적극적으로 나를 포용해준 고마운 동료였다. 하루는 자신이 협찬받

은 스파이크를 몽땅 가져와 언제든지 필요한 것이 있으면 가지라고 선심을 쓰기도 했다. 코칭스태프들이 그런 사실을 놓칠 리 없었고, 나는 경쟁자들보다 확실히 앞서가고 있다는 사실을 알 수 있었다. 새로운 리그에서 '신입' 취급을 받고 있긴 하지만, 15년 이상 한국과 일본 두 나라의 프로 리그에서 정상급으로 인정받았던 관록 덕분이었다.

나는 굳이 홈런을 보여주려 하지 않고, 밀어치는 연습을 꾸준히 하면서 시즌을 준비했다. 결국 캠프 막바지에 이르면서 산체스와 몬테로가 차례로 방출됐고, 나는 40인 로스터에 이어 25인 로스터에도 무난히 이름을 올렸다. 꿈에 그리던 메이저리그 무대에 서게 된 것이다. 더욱 기뻤던 것은 헤수스 몬테로가 방출되면서 그 선수가 달고 있던 등번호 10번이 비어 내가 그 번호를 달 수 있었던 것이다. 롯데 시절부터 정든 10번을 메이저리그에서도 달게 되니 시즌을 시작하기 전부터 예감이 좋았다.

막상 메이저리그에서 맞이한 첫 시즌은, 긴장했던 것에 비하면 순탄하게 풀려나갔다. 시즌 세 번째 경기였던 4월 8일 오클랜드 전에서 나중에 한화 이글스에서 뛰게 되는 에릭 서캠프를 상대로 첫 홈런을 기록했고, 4월 14일 텍사스 전에서는 연장 10회 말에 대타로 나서서 끝내기 투런 홈런을 때렸다. 텍사스전 홈런은 시애틀 매리너스 역사상 첫 번째 신인 타자의 끝내기 홈런이라고 꽤 떠들썩하게

2016년 시즌, 텍사스 레인저스와 붙은 경기에서
일본 투수 다르빗슈를 상대로 안타를 치는 모습

보도가 되었다. 기쁘고 자랑스러운 마음도 있었지만 나이로는 팀 내 최고참급에 해당하는 프로 16년차 선수에게 붙은 '신인'이라는 말이 너무 민망하게 느껴졌던 기억이 있다.

처음에는 주로 왼손 투수를 상대하는 대타 요원이었지만 좋은 성적과 1루 수비 능력을 보여주면서 기용되는 폭이 점점 늘어났다. 상대 팀이 왼손 선발투수를 내세울 때는 선발 1루수로 나가는 날이 많아졌고, 넬슨 크루즈가 외야수로 출장할 때는 지명타자로 기용되기도 했다.

6월 초까지 6번이나 게임 MVP로 선정될 정도로 타격감이 나쁘지 않았는데, 팀 내 최고의 스타플레이어인 로빈슨 카노와 비교해도 밀리지 않는 횟수였다. 또한 전반기 내내 3할대 타율을 유지하면서 8개의 홈런과 32개의 타점을 기록했는데, 그 시점까지 아메리칸리그 신인 타자 중에서 가장 많은 홈런과 타점이었다.

하지만 후반기 들어 예상하지 못한 변수 때문에 고전했다. 6월 하순쯤 몸 쪽으로 휘어 들어오는 속구를 공략하다가 배트가 막히면서 손바닥에 심한 타박상을 입었다. 손바닥 전체에 검붉은 멍이 생겼고, 젓가락질을 제대로 할 수 없을 정도로 통증이 심했다. 하지만 부상자 명단에 이름을 올리면 너무 오래 공백이 생길까 봐 그 사실을 숨겼다. 이 정도면 참을 수 있을 것이라 생각한 것이다.

손바닥의 통증은 겉으로 잘 드러나지 않아도 타자가 타격을 하는 과정에 큰 지장을 준다. 나도 통증을 애써 무시하려 했지만, 타석에 설 때마다 본능적으로 움찔거릴 수밖에 없다. 계속 타격을 하다 보니 통증이 더 심해지면서 8월 초까지 부진이 이어졌다. 지금 생각하면 빨리 코칭스태프에게 알리고 열흘쯤 쉬면서 치료하는 편이 훨씬 현명했을 텐데, 지금도 그 대처가 가장 후회된다.

후반기에 뜻하지 않은 부진으로 성적이 꺾이면서 타율 .253와 홈런 14개, 49타점으로 시즌을 마무리했다. 317번 타석에 섰으니 소프트뱅크 시절과 비교하면 절반 정도의 출전 기회를 가진 셈인데, 상대 팀이 왼손 투수를 올릴 때만 기회를 얻었으니 당연한 결과였다. 후반기에 내려앉은 타율이 약간 마음에 걸리긴 했지만 플래툰 시스템 등 불리한 조건, 안정적이지 못한 계약 속에서 거둔 의미 있는 성과였다. 한편으로는 좀 더 일찍 올 수 있었다면, 좀 더 유리한 계약을 맺었다면 더 나은 기록을 세울 수 있지 않았을까 하는 아쉬움도 남았다.

시애틀에서 뛰던 시절, 나의 별명은 DHL이었다. 단순히 내 영어 이름의 이니셜을 뽑아낸 것이기도 하지만, 미국에서 가장 유명한 택배 회사의 이름과 같다는 점에서 착안한 재미있는 별명이었다. 안타를 주문하면 안타를, 타점을 주문하면 타점을 배달하는 코리안 빅보이. 시애틀 팬들의 유쾌함이 잘 드러난 별명이라 내 마음에도 쏙 들었다.

해외 리그에서 보낸 5년간 많은 것을 깨달았다. 일본과 미국 두 나라 모두 야구로 치자면 우리나라보다 수준이 한 수 위다. 일본에서의 4년, 미국에서의 1년 동안 한 차원 위의 야구를 경험하며 비로소 야구가 주는 재미를 몸소 느낄 수 있었다. 그동안 나는 프로 선수로 성공해야 한다는 압박이 대단했다. 어릴 때부터 내게 박혀 있던 성공에 대한 절실함도 한몫했다. 그런 마음으로 노력하여 의미 있는 성과를 이루어내기도 했다. 하지만 결국 오래가는 선수가 되려면 야구를 진심으로 즐기고, 좋아해야 한다. 물론 나도 그랬지만 성적에 대한 압박, 팀을 이끌어야 한다는 부담감을 떨칠 수는 없었다. 그 때문에 나는 늘 내게도, 다른 선수들에게도 엄격한 사람이었다.

하지만 일본과 미국에서 경험한 야구는 조금 달랐다. 이곳에 와서 가장 크게 배운 것이 있다면 '엄격함'과 '절실함'은 동의어가 아니라는 사실이다. 사실 우리나라의 프로 야구는 1군과 2군의 차이가 크지 않다. 그러다 보니 1군에 올라오는 것도 다른 나라에 비해 어렵지 않고, 1군에 한번 올라오면 더 노력하기보다는 그 자체로 만족해버리는 일들도 종종 있다. 엄격함은 있었지만 절실함은 부족했다.

반면 워낙 선수층이 두꺼운 일본과 미국에서는 1군 리그에 올라오기까지 뼈를 깎는 노력을 해야 하고, 1군에 올라와서도 계속 성적으로 내 가치를 증명해야 한다. 당연히 선수들의 절실함은 우리나라 선수들과 비교할 것이 못된다. 그럼에도 그들은 야구를 진심으로 좋아하며 즐기는 모습을 보여주었다. 그렇다고 훈련을 게을리 하거나 경기에 설렁설렁 임하는 것도 아니었다. 경기에서는 무섭게 집중력을 발휘했고, 누구에게서도 볼 수 없던 창의적인 플레이를 보여주었다. 그런 선수들이 모여 있다 보니 팀 분위기도 자연스럽게 "한번 해보자", "할 수 있다"는 분위기가 팽배했다. 잘하는 팀일수록 더욱 그랬다.

그런 환경에서 야구를 할 수 있다는 감사함과 함께 내가 경험한 이 야구를 나의 고향, 부산에 있는 나의 가족 같은 동료들도 경험할 수 있다면 얼마나 좋을까 하는 아쉬움이 못내 밀려오던 날들이었다.

KBO리그 역대 14번째로 2,000안타 달성에 성공

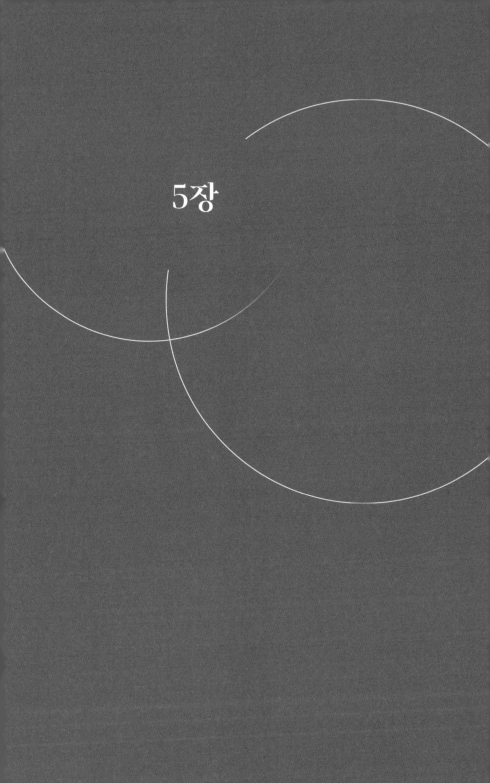

5장

가장 좋은 날은
아직 오지 않았다

우슬하러 가자, 롯데로

돈으로 따지자면 일본에 남는 쪽과 비교했을 때 수십 억 원의 손해를 본 셈이었지만, 미국에서 보낸 1년은 나에게 큰 의미가 있었다. 마이너리그로 강등되거나 중도에 방출될 수 있다는 점까지 각오하고 스프링캠프에 참여해 치열한 경쟁 끝에 살아남았다. 시즌 내내 메이저리그에서 끝까지 버티면서 나름대로 의미 있는 성과도 만들었다. 불리한 계약 조건과 불운한 부상, 부족했던 시간 탓에 아주 만족스러운 결과를 보여주지는 못했지만 내가 그동안 틀리지 않은 길을 걸어왔다는 확신은 얻을 수 있었다.

이제 1년의 성과를 바탕으로 메이저리그에서 본격적인 도전을 시작할 것인가 아니면 큰 무대에서 나의 야구를 시험해보고 싶다는 1차적인 목표를 달성한 데 만족하고 한국으로 돌아갈 것인가를 결정해야 했다. 팀에서는 다시 계약하자는 뜻을 전해왔다. 구체적으로 조율한 것은 아니었지만 연봉도 어느 정도 올라갈 것이 분명했고, 무엇보다도 일정한 출전 기회를 보장받을 수 있었다. 마이너리그 강등 거부권을 관철시키는 것도 어렵지 않을 테고, 팀에 적응하기 위해 새롭게 노력할 필요도 없었다. 이제 정말 야구에만 집중할 수 있는 환경이었고, 야구 선수 이대호가 메이저리그에서 어느 정도까지 성적을 낼 수 있는지 검증해보고 싶다는 생각이 자연스럽게 들었다. 자신감도 충분했다. 1년 더 도전한다면 슈퍼스타급 활약까지는 아니더라도 어느 팀에서든 주전 선수로 빠지지 않을 만한 성적은 낼 수 있다는 확신이 있었다.

그럼에도 결국 나는 한국으로 돌아오는 쪽을 선택했다. 몇 가지 이유가 있었다. 가장 중요한 이유는 롯데 자이언츠에서 우승을 해보고 싶다는 생각이었다. 사실 예전에는 우승이라는 것이 막연하게 느껴졌었다. 늘 우승을 목표로 하면서도 어떻게 해야 우승할 수 있는지, 우승을 하면 어떤 기분인지 정확히 알지 못했고 구체적으로 꿈을 꿀 수도 없었다. 학생 시절에도 우승을 한 적이 있었고, 2008년에는 올림픽에서 금메달을 획득하기도 했지만 그것은 어쨌거나 단기전으로, 1년 내내 이어지는 프로야구 리그에서의 우승과는 달랐다.

그런 점에서 2014년과 2015년에 일본 소프트뱅크에서 따낸 우승은 너무나 특별한 경험이었다. 1년 동안 이어지는 경기를 모두 치러 낸 끝에 얻은 우승은, 수많은 우여곡절의 순간을 떠올리게 했다. 밀려오는 성취감과 뜨거운 동료애도 올림픽 우승 때 느낀 것 못지 않았다. 한국에서 뛰던 시절부터 한국시리즈 우승이 결정되는 순간에 모든 선수가 눈물을 터뜨리며 얼싸안는 장면들을 많이 봐왔지만 내가 직접 우승을 하기 전까지는 그때 그 선수들의 마음을 전혀 알 수 없었다.

그런데 소프트뱅크에서 우승컵을 들어 올리는 순간, 엉뚱하게도 내 머리에 떠오르는 것은 롯데 자이언츠였다. 이렇게 뿌듯한 우승의 기쁨을, 이렇게 눈물겨운 동료들과의 포옹을, 기왕이면 소프트뱅크가 아닌 롯데 자이언츠에서 내 가족 같은 동료들과 나누고 싶다는 생각이 강하게 일어났다. 이후 롯데 자이언츠의 선수 구성과 경기 모습을 찬찬히 살펴보기 시작했다. 비록 늘 하위권을 맴돌고 있지만 조금만 전력이 보강된다면 충분히 우승에 도전할 수 있겠다는 판단이 들었다.

2008년부터 국가대표로 선발됐던 강민호는 이미 리그에서 가장 뛰어난 기술과 파워, 풍부한 경험을 가진 포수가 되었다. 2007년에 부산고를 졸업하고 입단해서 2011년부터 주전 외야수로 자리를 잡은 손아섭도 해마다 3할대 초중반의 높은 타율로 타격왕 경쟁을 하는 리그 최고의 타자로 성장했고, 2012년과 2013년에 2년 연속 최다안타 1위에 올랐다. 거기에 언제나 20-20에 도전할 수 있는 다재다능한 중거리 타자 전준우도 경찰청에서 복귀한 뒤 실전 감각을 회복하고 있었고, 늘 성실한 자세로 야구에 임하던 정훈도 노력한 만큼 성과를 얻어가며 중심타자로 성장하고 있었다.

마침 롯데 구단에서도 나의 복귀 의사를 진지하게 물어왔고, 가능하다면 충분히 예우하겠다고 약속했다. 결과적으로 나는 4년간 총액 150억 원에 롯데와 계약했다. 일본에서 복귀를 제안하면서 제시한 액수와 비교하면 훨씬 적은 금액이었다. 하지만 단순히 액수를 기준으로 비교할 수 없는 의미가 있었다. 한국 프로야구 역사상 누구에게도 제시된 적 없는 파격적인 거액이었고, 롯데 자이언츠에서 나에게 제시할 수 있는 최대 액수라고 생각했기 때문이다. 이 금액에는 롯데 자이언츠가 나를 꼭 필요로 한다는 간절한 마음이 담겨 있었다. 내가 일본으로 건너가기 전, 첫 FA 협상 때는 경험하지 못했던 진심 어린 제안이었고, 그만큼 구단 역시 우승을 간절히 원하고 있다는 의미로 받아들여졌다. 그렇다면 전력을 보강하기 위해 그에 준하는 투자 역시 아끼지 않을 터였다.

이런 생각 끝에 나는 부산으로 돌아가기로 했다. 아직 어린 첫째와, 이제 막 갓난아이였던 둘째의 미래에 대해 슬슬 걱정하기 시작하던 아내도 두 팔 벌려 환영했다. 고향에 있는 팬들도 나의 복귀 소식을 기쁘게 받아들여 주실 것을 기대하며 설레는 마음으로 귀국을 준비했다.

5년 만에 다시 국내 리그로 복귀하는 게 마냥 마음 편한 일만은 아니었다. 이제는 개인의 기록이 아닌 팀의 성적으로 보답해야 할 차례였기 때문이다. 그것이 내가 돌아온 가장 큰 이유였다. 내 안은 이미 자신감으로 충만했다. 무엇보다 내가 해외 리그에서 배운 것들을 후배들에게도 전해주고 싶다는 마음이 나를 압도했다. 기술뿐 아니라 팀워크, 경쟁에 임하는 태도, 야구를 즐기는 자세 등 알려주고 싶은 것들이 너무 많았다. 5년간 해외 리그에서 거둔 성과들이 롯데의 우승을 위한 거름으로 쓰인다면 더 바랄 것이 없었다. 내가 이룬 성과들도 그런 희생 위에서 피어난 것이었다. 화려한 성적들은 그동안 나를 지도해주신 많은 지도자들과 나를 응원하고 격려해준 수많은 사람의 사랑이 틔워낸 열매였다. 이제는 내가 받은 만큼 다시 돌려주어야 할 때였다.

2017년, 롯데에서 두 번째 입단식을 가지다.

그라운드에서 배운 것들

2017년 1월 30일, 나는 잠실 롯데호텔에서 두 번째 '롯데 자이언츠 입단식'을 가졌다. 고등학교를 졸업하면서 치렀던 첫 번째 입단식 이후 16년 만이었다. 첫 번째 입단식 때는 설렘과 긴장이 뒤섞여 굳어 있던 열 명 중 한 명일 뿐이었던 내가 이번에는 홀로 환영 인파와 취재진에게 둘러싸여 입단식을 가졌다. 연봉도 그 16년 사이에 200배쯤 올랐으니, 감개무량한 순간이었다.

내가 그 자리에서 했던 이야기는 두 가지였다. 하나는 일본과 미국에서 뛰는 동안에도 변함없이 응원해주시는 팬들을 다시 만나 설레고 기쁘다는 것, 또 하나는 롯데의 동료, 후배들과 함께 우승이라는 마지막 소원을 꼭 이루고 싶다는 것이었다. 팬들의 사랑에 보답하기 위해서라도 반드시 우승을 위해 내 모든 걸 쏟아붓겠다고 약속했다.

그리고 그날 오후 곧바로 비행기에 올라 LA를 거쳐 애리조나에 차려진 롯데 자이언츠의 스프링캠프에 합류했다. 조원우 감독님은 내가 입단 계약을 마치기도 전에 이미 나를 그해 팀의 주장으로 선임했다. 나는 6년 만에 복귀한 팀의 스프링캠프 첫날을 선수단 미팅을 주재하는 것으로 시작했다. 다행히 선수들은 모두 나를 반갑게 맞아주었고, 또 나와 함께 새로운 도전을 해보겠다는 의욕 가득한 눈빛을 보내주었다.

롯데에 복귀하니 반가운 얼굴 하나가 눈에 띄었다. 정대현 선배였다. 정대현 선배는 나와 같은 2001년에 SK 와이번스에 입단한 프로 입단 동기였지만 대학을 거쳤기 때문에 나보다 4살이 많았다. 나는 특별히 약한 유형의 투수가 없었다. 우완이든 좌완이든 언더핸드든 사이드암이든 일정한 성적을 냈다. 하지만 유독 정대현 선배에게만은 지독하게 약했는데, 통산 상대 타율이 .102(49타수 5안타)에 불과할 정도였다. 그나마 그 기록도 한국에서의 마지막 시즌이었던 2011년 후반기에 6타수 3안타를 치면서 많이 끌어올린 것이었는데, 2008년부터 2011년 전반기까지는 무려 4년 가까이 단 한 개의 안타도 쳐내지 못했다. 그 무렵 SK 와이번스의 김성근 감독님은 우리 팀과의 경기에서 내 앞에 결정적인 기회가 만들어질 때마다 마무리 투수인 정대현 선배를 원 포인트로 투입하셨다. 나중에는 하도 기가 막혀서 나도 모르게 김성근 감독님을 쳐다봤더니 나를 마주 보면서 빙긋 웃으신 적도 있었다. 그 정도로 정대현 선배는 세상이 다 아는 나의 천적이었고, 킬러였다.

나의 천적 중의 천적이라고 할 수 있을 정대현 선배가 같은 롯데 유니폼을 입고 있는 모습은 특히 반가웠다. 내심 '저 형이랑 상대할 일이 없으니, 타율이 적어도 1푼은 올라가겠군' 하는 마음도 들었다. 정대현 선배도 나의 반가운 기색을 알아봤는지 먼저 웃으며 다가왔다. 나를 그렇게 고생시키더니 결국 같은 팀이 됐다고 인사를 하자 "대호야, 고맙다. 니 덕분에 돈 많이 벌었다" 하고 화답해서 같이 웃었다. 정대현 선배는 2017년 시즌을 끝으로 은퇴했지만 훌륭한 대결 상대로서 그리고 마지막 순간엔 좋은 동료로서 내가 발전해나가는 데 많은 자극을 준 고마운 사람이었다.

긴장한 기색을 보내는 후배들도 있었다. 팀을 떠나기 전 나는 확실히 '무서운 선배'였다. 나는 학생 시절부터 야구를 열심히 하지 않는 후배들을 그냥 넘기지를 못했다. 내가 훈련을 주도하는 상급생이나 고참 위치에 오를 때마다 후배들을 강하게 이끌었고, 경기 중에도 잘하는 점을 찾아 칭찬하기보다는 못하는 점을 지적해 야단치는 일이 많았다. 그래서인지 늘 내 눈길을 슬슬 피해 다니는 후배들이 많았고, 그러면 나는 그 후배들이 피해 다니는 곳까지 집요하게 쫓아다니며 잔소리와 질책을 하곤 했다. 지금 생각하면 왜 그렇게까지 했을까 싶을 만큼 못되고 독한 선배였다.

하지만 일본과 미국을 거쳐 오면서 후배들을 대하는 내 태도도 조금 달라졌다. 긴장하고 위축된 선수는 절대 창의적인 플레이를 할 수 없고, 창의적으로 플레이하지 못하는 선수는 결코 일정한 벽을 넘어설 수 없다는 생각 때문이었다. 애초에 야구는 놀이다. 한 팀을 이루는 구성원들이 진심으로 돕고 의지하지 않으면 긴 시즌을 치르며 마주하는 어려운 상황을 이겨나갈 수 없다. 야구는 아주 미묘하게 구성된 분업의 경기이며, 무엇보다도 팀 스포츠다. 늘 전쟁을 치르듯 엄숙하게 경기에 임했던 한국을 벗어나 마치 장난치듯 연습하다가도 필요할 때는 무서울 정도로 집중하는 일본과 미국 선수들에게서 배운 야구 철학이었다.

나는 복귀 후 맞는 첫 스프링캠프에서 후배들의 장점을 하나라도 더 찾아 칭찬해주었고, 피곤함에 지친 기색이 보일 때면 노래라도 한 곡 부르고 엉뚱한 농담이라도 하나 나누면서 웃을 기회를 만들었다. 선수는 잘못된 점을 지적받아 고치는 과정에서도 발전하지만, 자신의 장점을 스스로 인식하고 계발하는 과정을 통해서는 더 빠르고 큰 폭으로 성장한다는 사실을 알게 됐기 때문이다.

내가 돌아온다는 소식에 잔뜩 긴장했던 몇몇 후배들은 소문과 다른 나의 모습에 안도하는 눈치였고, 나를 잘 아는 가까운 후배들은 놀라움을 표현하기도 했다. 하지만 변화한 방식을 싫어하는 후배들은 없었고, 그럴 이유도 없었다. 덕분에 우리는 어느 때보다 화기애애한 분위기 속에서 2017년 시즌을 시작했다.

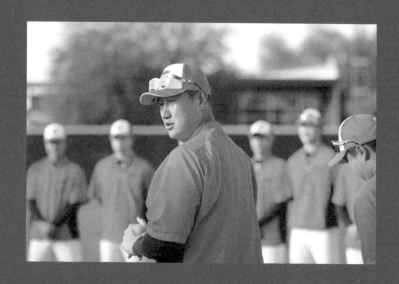

긴장하고 위축된 선수는 절대
창의적인 플레이를 할 수 없다.

5년 만의 가을야구

다시 롯데 자이언츠의 유니폼을 입고 맞이한 첫 시즌은 2017년이었다. 나와 동료 선수들은 모두 자신감에 차 있었다. 스프링캠프에서는 여느 해보다 강한 훈련 프로그램이 편성되었지만 큰 부상 없이 모두 잘 소화해냈고, 선수들 사이 믿음과 결속력이 더 단단해졌음을 몸소 느낄 수 있었다.

롯데 자이언츠의 2016년 시즌 순위는 8위였다. 겨울 훈련을 잘 소화했다거나 중심타자가 하나 가세했다고 해서 갑자기 우승을 넘볼 수 있는 처지가 아니었다. 하지만 백여 명에 가까운 선수들이 동고동락하며 1년 내내 반복해서 싸우는 프로야구의 페넌트레이스에서는 객관적 전력 못지않게 팀 분위기가 큰 비중을 차지한다. 늘 함께 먹고 자고 부대끼며 훈련하기 때문에 불안감도 순식간에 전염되지만 한번 해볼 만하겠다는 자신감도 쉽게 퍼져나간다. 시즌 전 스프링캠프를 통해 우리 선수들은 상당한 자신감을 얻었다. 문제는 실제 시즌이었다. 시즌 초반의 기세가 특히 중요했다.

2017년 롯데 자이언츠의 개막 3연전 상대는 경남 라이벌인 NC 다이노스였다. 롯데 자이언츠에게 있어서 NC 다이노스는 특별한 상대다. 우선 전 시즌인 2016년에 롯데는 NC에게 1승 15패를 당하면서 심각한 열세를 보였다. 그 전 시즌인 2015년 상대 전적도 5승 11패였다. 나는 그 점이 굉장히 가슴 아팠다. NC의 홈구장이 있는 마산은 원래 롯데의 제2연고지였던 곳으로 팬들의 사랑과 응원의 열기만큼은 부산을 넘어서는 곳이었다. 우리가 멋진 모습을 보여줄 때면 '영웅대접'이라는 게 무엇인지 몸소 경험할 수 있는 곳이기도 했다.

롯데가 마산에서, 그것도 이제 1군 무대에서 네 번째 시즌을 치르는 신생팀에게 거의 전패에 가까운 곤욕을 치른다는 것은 있을 수도 없고 있어서도 안 되는 일이었다. 또한 특정 팀에게 승패 마진 −14를 당하고 상위권에 올라가는 것은 불가능한 일이었다. 선수와 팬들의 사기 문제를 생각해서도 반드시 해결해야만 하는 문제였다. 그래서 나는 동료와 후배 선수들에게 강조했다. NC에게 반드시 5할 이상의 승률을 만들어야 하고, 그렇게만 하면 자연스럽게 전 시즌보다 7승 이상을 더 하게 된다고. 그러면 시즌 승률이 5할을 넘으니 가을야구도 가능해진다고 말이다.

하지만 첫 걸음은 순탄하지 못했다. 2017년 3월 31일 마산에서 열린 개막전에서 롯데는 또다시 패배했다. NC의 선발투수 제프 맨십에 이어 원종현, 김진성, 임창민이라는 철벽 불펜진에 막히면서 6대 5로 한 점 차 패배를 당하고 말았다. 전 시즌에 당한 14연패와 이어지며 '특정팀 상대 15연패' 기록이 나왔다며 언론 지면을 장식했고, 사람들은 원년 삼미 슈퍼스타즈가 OB 베어스에게 당했던 16연패 기록을 넘어, 롯데 자이언츠가 암흑기였던 2002년부터 2003년 사이에 기아 타이거즈를 상대로 당했던 특정팀 상대 최다연패기록인 18연패 기록마저 깰 것인지를 놓고 수군대기 시작했다.

하지만 다음 날부터 롯데는 달라진 모습을 과시했다. 2차전에서 우리 팀 젊은 선발투수 김원중이 5이닝 동안 무실점으로 막아내는 깜짝 활약으로 데뷔 후 첫 선발승을 거둔 데 힘입어 연패를 끊었고, 3차전에서는 선발투수 박진형이 4회를 넘기지 못하고 강판되며 부진했지만 강민호가 홈런 2개, 전준우와 신본기와 정훈이 각각 홈런을 1개씩 기록하며 12대 4로 크게 이겨 지난 시즌에는 한 번도 없었던 NC전 위닝시리즈를 일찌감치 달성했다.

NC와의 개막전 시리즈 3연전에서 특히 고무적이었던 것은, 서로에게 의지하는 경기를 했다는 점이었다. 한 번은 투수에게 의지해서 승리했고, 한 번은 타자에게 의지해서 승리했다. 나는 첫 경기에 혼자 안타와 홈런을 치면서도 패배를 막지 못했지만 세 번째 경기에서는 만루 찬스에 삼진을 당하면서 기회를 살리지 못했는데도 후배 선수들이 힘을 내준 덕분에 손쉽게 승리를 얻었다. 그 무렵 나는 야구가 함께 승리를 만드는 과정이라는 점을 확실히 깨닫고 있었기에, 후배들의 활약에 진심으로 기뻐하며 더그아웃에서 환호성을 지를 수 있었다.

이후에도 우여곡절이 많았다. 4월 중순에 전준우가 부상으로 이탈했고 레일리와 에디턴, 번즈가 차례로 부상을 당하며 1군 명단에 외국인 선수의 이름이 하나도 남지 않았다. 하지만 투수 박세웅이 5월부터 등판할 때마다 승리를 얻어내며 마운드를 이끌었고, 박시영과 김유영 같은 신인급 투수도 힘을 내면서 팀의 전력을 지탱해주었다. 날이 더워질 무렵 노경은, 송승준 같은 베테랑 투수들이 컨디션을 회복했고, 윤길현과 손승락 등 불펜 투수들도 체력을 회복하면서 승률을 끌어올렸다.

8월에 들어설 때 순위는 7위에 불과했지만 8월을 마무리할 때는 4위까지 올라섰다. 9월에 접어들자 최준석이 결정적인 순간마다 해결사 본능을 발휘하기 시작했고, 시즌 내내 모든 선수들이 돌아가면서 고르게 팀을 이끌어준 덕분에 80승 62패, 3위로 시즌을 마무리했다. 그중 9승 7패는 NC를 상대로 거둔 전적이었는데, 전 시즌에 −14까지 밀렸던 상대 승패 마진을 +2까지 끌어올림으로써, 그 한 팀과의 승부를 통해서만 전 시즌에 비해 무려 8.5경기 차를 줄일 수 있었다.

2017년 시즌 롯데 자이언츠는 위태위태하게 고비를 넘기면서 조금씩 발전하는 모습을 보여주었다. 주전 멤버들이 차례로 부상과 부진에 빠졌지만, 그럴 때마다 팀을 이끌어주는 또 다른 선수가 나타났고, 그 선수의 컨디션이 떨어질 즈음엔 이탈했던 선수가 돌아와 다시 그 역할을 이어받곤 했다. 서로 의지하며 서로를 믿을 수 있는 야구. 이전에는 좀처럼 경험하지 못했던 끈끈한 야구가 이루어졌고, 그것은 우리가 스스로 생각하는 것보다 조금 더 강하다는 묘한 자신감으로 이어졌다.

롯데는 3위로 정규시즌을 마친 덕에 준플레이오프 1차전을 사직야구장에서 열 수 있었다. 10월 8일, 사직야구장을 가득 메우고 함성을 지르던 팬들의 흥분된 모습은 내 가슴에도 불을 지르는 느낌이었다. 무려 5년이나 가을에 야구를 보지 못했던 부산 팬들의 억눌렸던 열정이 단숨에 터져 나오고 있었다.

준플레이오프 상대는 공교롭게도 NC 다이노스였다. 한 시즌 만에 상대 전적 열세를 우세로 뒤집은 우리는 충분히 이길 수 있다는 자신감을 가지고 경기에 임했다. 하지만 우리는 5차전까지 치른 끝

정규시즌 3위를 확정지으며 5년 만에 가을야구에 진출한 롯데 자이언츠

에 2승 3패로 아깝게 탈락하고 말았다. 시즌 중에는 여러 사정이 겹치면서 충분히 실력을 발휘하지 못한 외국인 투수 린드블럼과 레일리가 제 몫을 해줬는데도 결정적인 순간마다 크고 작은 실수들이 빈발하면서 승기를 잡지 못했다. 꼭 살렸어야 하는 기회를 여러 차례 날려버린 내 책임도 적지 않았다.

2대2로 팽팽하게 맞서다가 연장 11회 말에 무려 7점을 내주며 무릎을 꿇었던 1차전과 매 이닝마다 2아웃 이후에 실점하는 패턴을 반복하면서 13대 6으로 크게 진 3차전이 특히 아쉬웠다. 두 경기 모두 손쉽게 이길 기회가 있었지만, 그 기회를 살리지 못한 직후에 위기를 맞았고 그 위기를 넘기지 못해 무너지는 과정이 반복되었기 때문이다.

5차전, 무슨 일이 있어도 이겨야만 했던 마지막 승부에서는 4회까지 무실점으로 잘 버티던 선발 투수 박세웅이 5회 들어 갑자기 난조에 빠지면서 대량 실점을 하고 말았다. 투수가 흔들릴 때는 타자들이 힘을 냈던 정규시즌과 달리, 그날 마음만 급했던 나를 비롯해 아섭이와 준석이 같은 중심타자들이 동시에 무안타로 부진하면서 맥없이 무릎을 꿇고 말았다.

그날, 또다시 사직야구장을 가득 채운 팬들의 열광적인 응원을 받으면서도 무기력하게 탈락의 수렁으로 빠져들었던 안타까움은 아직도 잊을 수가 없다. 부산 팬들이 무려 5년간 기다려온 가을야구였고, 그때는 미처 몰랐지만, 내가 선수로서 경험한 마지막 포스트시즌이었기 때문이다.

'아직 무엇이 부족한 걸까?', '어디서부터 잘못된 매듭을 풀어나가야 할까?' 도무지 답이 떠오르지 않았다. 거의 20년이 되도록 선수로 뛰고 있지만 아직도 야구는 내가 정복하지 못할 산처럼 느껴졌다. 잘 풀리는 것 같다가도 곧 위기를 맞닥뜨리고, 아무것도 되지 않을 것 같은 순간에도 작은 실마리 하나로 운이 트이는 스포츠가 바로 야구였기 때문이다.

많은 이가 야구를 인생에 빗대어 이야기하는 것도 바로 이 때문일 것이다. 진부한 말이지만 야구는 인생을 꽤 닮아 있다. 2017년 시즌 전 분명 나는 자신감으로 차 있었다. 하지만 이 자신감이 곧 우리를 우승으로 이끌어주지는 않았다. 어쩌면 내가 야구장에서 배운 가장 큰 가치는 '겸허함'일지도 모른다. 최고를 꿈꾸지만 모든 것을 내 뜻대로 이룰 수는 없다는 것, 올라갈 때가 있으면 내려올 때도 있다는 것, 무엇보다 야구는 혼자 하는 스포츠가 아니라는 것을 이 시기에 더 뼈저리게 느끼고 있었다. 거칠고 혈기왕성했던 20대를 지나 커리어의 절정을 찍고 선수 생활의 황혼을 향해 달려가면서 그렇게 나는 개인의 기록으로 드러나는 야구가 아닌 팀으로서의 야구를 더 깊이 체험하고 있었다.

풀리지 않는 비밀번호

2017년 정규시즌 승률은 마지막으로 한국시리즈에 올라갔던 1999년 다음으로 높은 .563였다. 준플레이오프에서도 비록 지긴 했지만 5차전까지 끈질기게 버티며 싸우는 근성을 과시했다. 그래서 우리는 좌절하기보다는 희망을 발견했고, 조금씩만 더 성장한다면 우승도 그리 멀리 있지는 않다고 확신했다.

하지만 시즌이 종료된 뒤부터 나와 선수들이 예상했던 것과는 다른 상황들이 하나씩 벌어지기 시작했다. 시작은 황재균의 이적 소식이었다. 재균이는 2010년 시즌 중에 트레이드를 통해 롯데 자이언츠 식구가 되어 주전 3루수로 좋은 활약을 한 뒤 2017년에 미국 무대에 도전했었다. 한 해 전에 내가 그랬던 것처럼 샌프란시스코 자이언츠와 스플릿 계약을 맺고 스프링캠프부터 합류한 뒤 마이너리그에서 시즌을 시작했지만 경쟁을 이겨내면서 메이저리그까지 올라가기도 했다. 하지만 시즌 중에 충분한 기회를 얻지 못하고 다시 마이너리그로 내려가게 된 재균이는 한국 복귀를 결심했다. 그때 재균이와 계약을 맺은 한국의 프로팀은 롯데가 아닌 KT였다.

재균이가 오기 전까지 롯데 내야진은 10년 이상 3루수 기용에 고질적인 고민을 안고 있었다. 2000년대 중반에는 정보명 선수가, 그 뒤에는 내가 3루수를 맡았지만 충분하지는 않았다. 하지만 공격과 수비가 모두 훌륭한 재균이가 영입된 뒤로는 3루수 걱정이 말끔히 사라졌다. 덕분에 나도 주로 1루수나 지명타자로 나서 타격에 더 집중할 수 있었다. 재균이가 미국으로 건너간 뒤로는 오승택과 김상호 선수가 그 역할을 대신했지만 아무래도 공수 양면에서 조금은 빈틈이 느껴졌다. 그렇기에 재균이가 우리 팀으로 복귀하기를 고대하며 계약 소식을 기다렸다. 하지만 롯데는 빠르게 전력을 끌어올리기 위해 과감한 투자를 아끼지 않던 신생팀 KT에게 한발 밀렸고, 우리는 재균이 없이 팀을 꾸려야 했다. 어쨌거나 이미 재균이 없이 2017년 시즌을 성공적으로 치른 상황이기도 했다.

하지만 두 번째 소식은 더 충격이 컸다. 2017년 시즌을 마친 뒤 두 번째 자유계약선수 자격을 얻은 강민호가 삼성과 4년간 80억 원의 조건에 합의하고 이적 계약을 맺었다는 소식이었다. 그 이야기를 듣고 너무 큰 충격을 받아, 민호에게 도대체 왜 팀을 떠나려는 것이냐고 따져 묻기도 했다. 나는 너와 함께라면 우승할 수 있을 거라 확신했고, 그래서 메이저리그에서의 도전도 포기하고 돌아왔는데 도대체 그런 결정을 한 이유가 뭐냐고 쏘아붙였다.

하지만 민호의 인생은 어디까지나 민호가 선택할 일이었다. 아쉬운 마음이 없었다면 거짓이겠지만 내 욕심으로 이래라저래라 할 수 있는 문제가 아니었다. 어떤 선택을 하든 어떤 결과가 따르든 그건 온전히 민호가 감당해야 할 몫이었다. 나 역시 수많은 갈림길에서 어려운 선택들을 해왔기에 한편으로는 민호의 심정을 이해할 수 있었다. 내가 해줄 수 있는 건 앞으로 펼쳐질 민호의 인생을 진심으로 응원해주는 일 그리고 나는 나대로 내게 주어진 목표인 롯데 자이언츠의 우승을 향해 더 전진하는 일뿐이었다.

주전 포수 없이, 그것도 강민호라는 국가대표급의 포수를 잃고 전력을 유지하기란 생각보다 더 어려운 일이었다. 2018년 롯데는 시즌을 시작하자마자 개막 7연패를 당하면서 꼴찌로 떨어졌다. 특별히 어떤 선수의 문제 때문이라고 보기 어려울 만큼 팀 분위기가 엉망이었고, 너 나 할 것 없이 모든 선수가 흔들렸다. 그렇다고 해도 긴 시즌을 시작하자마자 그대로 포기할 수는 없었다.

그런 상황에서는 고참 선수들이 의연한 모습을 보이면서 후배들을 다독여야 한다. 투수 중에서는 마무리 손승락과 그해에 영입된 중간계투요원 오현택 같은 선수들이 경기장 안팎으로 애써주었던 기억이 난다. 그리고 야수들 중에는 나와 태인이 외에도 어느새 고참급이 된 아섭이와 준우가 많은 노력을 했다. 4월 말에 가서야 간신히 팀 분위기가 잡혔고, 우리는 따뜻한 5월을 맞으며 상승세를 타기 시작했다. 5월 중순에는 5할 승률까지 찍었지만, 그 뒤로도 진통은 계속되었다.

다 같이 힘들었던 3월을 제외하면, 그해에도 롯데의 타선은 비교적 나쁘지 않았다. 손아섭, 전준우, 나, 채태인으로 이어지는 중심타선의 득점 생산력도 나쁘지 않았고 팀 타율도 꾸준히 2할대 후반을 유지했다. 하지만 투수들은 꽤나 고전했다. 5월 한 달을 제외하면 팀 평균자책점이 5점에서 6점대 사이를 오르락내리락했고, 이기는 경기보다 지는 경기가 많아졌다. 마운드가 좀처럼 안정되지 못한 데는, 그동안 좋은 활약을 해줬던 투수들이 노쇠해가는 데 대한 보강이 충분하지 못했던 이유도 컸겠지만, 오래도록 롯데의 안방을 지켜온 주전 포수 강민호의 공백 문제가 가장 컸다.

그 뒤로도 연패에 빠졌다가 안간힘을 써서 벗어나고, 다시 연패에 빠지는 흐름이 이어졌다. 결과적으로 그 시즌에 우리는 68승 74패라는 실망스러운 성적을 냈고, 정규시즌 7위에 머물며 가을야구 도전에 실패하고 말았다. 더 심각한 건 그 후로도 선수들의 이탈이 이어졌다는 점이었다.

2017년 복귀 후 첫 시즌을 보낸 뒤 황재균과 강민호가 떠났고, 2021시즌을 마친 뒤에는, 롯데가 배출한 선수 중 가장 뛰어난 타격 기술을 가진 타자 손아섭마저 NC 다이노스와 대형 FA 계약을 맺고 떠났다. 팀의 기둥 역할을 해오던 동료 선수들이 하나씩 떠날 때마다, 서운하고 안타까운 마음을 담아 만류해보기도 했다. 하지만 야구장에서의 만남과 헤어짐은 어찌 보면 당연한 일이었다. 모든 인생이 그렇듯 그라운드 안에도 뜻밖의 반가운 만남들이 있는 반면에 서운하고 아쉬운 이별도 있었다. 때로는 잘 헤어지는 것도 앞으로 찾아올 좋은 만남을 위해 꼭 필요한 일이었다. 그렇기에 못내 아쉬운 마음을 뒤로하고 아섭이가 새 팀에서도 좋은 활약으로 더욱 성공하는 선수가 되기를 축복해줄 수밖에 없었다.

팀 상황은 더욱 어려워져 2019년에는 10위로 추락했고, 2020년에는 7위, 2021년에는 8위로 하위권을 맴돌며 해마다 허전한 마음으로 가을을 보냈다. 2017년에 우리는 분명히 의미 있는 시즌을 보냈었다. 부족한 면도 있었지만, 우리가 가진 가능성을 확인했다. 만약 그때 우리가 가지고 있던 강점들을 최대한 지키면서 부족한 면을 채워 넣었다면 2019년이나 2020년쯤에는 모두가 꿈꾸던 '그 일'을 해낼 수 있었을지도 모른다.

하지만 그 시기에 롯데는 오히려 우리가 가지고 있던 강점을 하나

둘씩 잃어버렸다. 전력을 강화하기 위해서는 좋은 신인을 뽑고, 잘 성장시켜야 한다. 그보다 더 중요한 것은 우리에게 부족한 장점을 가진 타팀 선수들을 영입하는 일이다. 그리고 가장 중요한 것은 우리에게 꼭 필요한 활약을 해준 선수들을 잘 지키는 일이다. 학교라면 가르치고 성장시키는 일이 더 중요하겠지만, 롯데 자이언츠는 프로 팀이기 때문이다. 하지만 결과적으로 우리는 그렇게 하지 못했다.

인생 1막을 마무리하며

2020년 시즌을 끝으로 나는 한국으로 돌아오면서 맺었던 4년 계약을 모두 채웠다. 팀의 우승을 이루어내지 못했다는 점에서 팬들 앞에 면목이 없었지만, 네 시즌 동안 거의 전 경기를 출장하면서 3할 이상의 타율을 유지했고, 107개의 홈런과 434타점을 기록했다. 해마다 26개 안팎의 홈런과 110개 안팎의 타점을 만들어낸 셈이니까, 구단이나 팬들이 기대했던 것에 크게 못 미치는 수치는 아니었다.

2021년 시즌을 앞두고 나는 다시 롯데 자이언츠와 계약을 맺었다. 2년간 총액 26억 원. 계약금과 연봉이 각각 8억 원이었고 우승할 경우에 받는 옵션이 각각 1억 원씩이었으니까, 실제 보장된 액수는

24억 원이었다. 4년 전 미국에서 돌아올 때 맺었던 계약과 비교할 수 없는 금액이었지만 선수 생활의 마지막 계약을 놓고 복잡한 실랑이를 하고 싶지는 않았다.

그 사이 나도 마흔을 바라보는 나이가 되었으니 언제까지나 대형 계약을 맺을 수도 없는 노릇이었다. 하지만 선수로서 이대호의 가치뿐 아니라 개인적인 욕심을 내려놓고 팀을 위해 복귀했던 일 그리고 그동안 팀을 위해 내가 해냈던 일들에 대한 예우를 받을 수도 있지 않았을까 하는 마음이 들어 아쉬운 것은 어쩔 수 없었다. 그보다 나를 착잡하게 했던 생각은 따로 있었다. 나에게 남은 2년이라는 시간 동안 과연 롯데 자이언츠가 우승을 할 수 있을까 하는 질문에 대해 낙관적인 답변이 잘 떠오르지 않았다. 하지만 착잡해하고만 있을 수는 없었다. 조금의 가능성이라도 있다면 죽을 만큼 노력은 해보아야 하지 않겠는가. 나는 남은 2년 동안은 오로지 우승만을 위해 달려가리라 단단히 결심했다.

그 후 2년간은 죽어라 야구만 했다. 가족들을 뒤로한 채, 롯데의 우승을 위해 힘차게 달렸다. 하지만 크게 달라지는 것은 없었다. 여전히 팀 순위를 상징하는 비밀번호도 풀릴 기미를 보이지 않았다. 부진한 팀의 성적과 맞물려 그 무렵 내게도 많은 고민이 있었다. 선수로서는 고령의 나이였고, 집에는 내 손길이 필요한 아내와 어린 아이들이 있었다. 하염없이 우승할 날만 기다리며 선수 생활을 연장할 수는 없었다. 지금은 나나 팀이나 우승을 향해 전력으로 달려가지만 은퇴 후 생활 또한 염두에 두지 않을 수 없었다.

숱한 고민의 종착지는 지금이 은퇴의 적기가 아닐까 하는 생각이었다. 팬들과 동료들에게 미안한 마음과 선수로서 약간의 미련이 남는 것도 사실이었지만 은퇴가 나와 팀 모두를 위한 최선일지도 모른다는 판단이었다. 내 은퇴로 훌륭한 후배들이 더 많은 기회를 얻을 수 있을 터였다. 그렇게 나는 2022년 시즌을 끝으로 유니폼을 벗기로 마음을 굳혔다. 실제로 은퇴 결심을 알린 뒤에는 수많은 선배와 동료들로부터 전화를 받았다. 대부분 하는 이야기는 비슷했다. 은퇴하고 몇 달만 지나면 후회한다는 이야기였다. 선수로 유니폼을 입고 그라운드에 설 때가 가장 행복한 순간이라고. 그러니까 힘이 남아 있을 때 선수 생활을 더 이어가라고. 더구나 여전히 타율 3할과 20홈런을 유지하는 타자가 은퇴한다는 것은 말이 되지 않는다고. 그런 이야기들을 거의 1년 내내 되풀이해서 들었다.

팬들도 반신반의하는 반응이었다. 2022년 시즌을 시작하면서부터 시즌이 끝나면 은퇴하겠다고 말했지만 사람들은 '설마 진짜로 은퇴하겠어?', '이 성적으로 은퇴는 아니지' 하고 생각하는 것 같았다. 우스갯소리로 대한민국 3대 마요가 '치킨마요', '참치마요', '이대호 은퇴하지 마요'라는 농담도 떠돌았다.

하지만 딱 한 사람, 이승엽 선배만은 조금 달랐다. "니 은퇴한다

매" 하고는 내 마음을 다 안다는 듯 껄껄 웃더니 "우리 팀에 4번 타자 자리가 비는데 얼른 이리 온나" 하는 것이었다. 그 무렵 이승엽 선배는 TV 야구 예능 프로그램에서 은퇴한 프로 선수들로 구성된 '최강 몬스터즈'를 이끌면서 전국 고교팀과 대학 명문팀을 상대로 진지한 승부를 하고 있었다. 나도 말없이 껄껄 웃는 것으로 대답을 대신했다. 하지만 결국 이승엽 선배는 두산 베어스 감독으로 선임되어, 내가 은퇴를 번복하고 FA 계약을 맺어 이적하지 않는 한 같은 팀에서 뛰기는 어렵게 됐다.

하지만 나의 결심은 변함없었다. 남자로서 한번 뱉은 말을 번복할 수는 없었다. 이미 19년이라는 긴 시간 동안 거의 공백기 없이 달려오며 수많은 기록을 만들었다. 이제 오직 '우승'을 위해 마지막 시즌을 후회 없이 달리고 싶었다.

하지만 결국 롯데는 은퇴 시즌이었던 2022년에도 포스트시즌 진출에 실패했다. 끝까지 우승은 내 편을 들어주지 않았다. 나는 한국 프로야구에서 우승을 경험해보지 못하고 그라운드를 떠나는 선수가 되었다. 아쉬운 마음도 없진 않았지만 이것도 내가 받아들여야 할 몫이었다. 이제는 후배들에게 뒷일을 맡기고 나는 나대로 다시 앞을 보고 걸어가야 할 때였다. 지나간 날들은 영구결번이 된 '10번'이라는 숫자 위에 함께 묻어야 했다. 그렇게 이대호 인생의 1막이 저물어가고 있었다.

영구결번

은퇴한 선수의 업적을 기리기 위해 그 선수가 달았던 번호를 어떤 후배 선수도 달지 않도록 비워두는 것을 말한다. 각 구단이 자체적으로 정하며, 그 구단의 홈구장 벽에 영구결번된 대형 유니폼을 걸어두는 등의 방식으로 기념한다. 아직 '명예의 전당'이 없는 우리나라에서 영구결번은 각 팀의 '레전드'를 기억하고 기리는 유일한 방법이다.

특별한 기준이 있는 것은 아니지만, 선수와 팬, 구단 모두가 공감할 만큼 확실한 업적과 기억을 남긴 위대한 선수들에게만 주어지는 영예이기 때문에 가장 많은 영구결번자를 선정한 한화 이글스에서도 대상자가 4명에 불과하며 2000년대 이후에 창단된 대부분의 구단들이 단 한 명의 영구결번자도 배출하지 못했을 정도로 그 수가 적다. 2022년 시즌을 끝으로 은퇴하면서 롯데 자이언츠의 두 번째 영구결번자로 선정된 이대호는 KBO리그를 통틀어 17번째 영구결번자에 해당한다.

영원한 자이언츠 10번

2022년 10월 8일, 나는 내 마음의 고향인 사직야구장에서 유니폼을 벗었다. 그날 관중석을 가득 채운 팬들 앞에서 나는 터져 나오는 눈물을 간신히 삼키면서 선수로서의 마지막 인사를 드렸다.

2022년 시즌에 롯데 자이언츠는 64승 4무 76패라는 성적으로 8위에 머물렀고, 5년 연속으로 가을야구 진출에 실패했다. 그리고 나는 결국 짧지 않았던 선수 생활 동안 단 한 번도 롯데 유니폼을 입고 우승컵을 들어 올리지 못한 채 그라운드에서 내려와야 했다. 그렇게 팬들 앞에서 영영 고개를 들 수 없는 선수가 되어 마지막 경기를 치르는 나의 마음은 착잡했다. 보잘것없는 성적을 거둔 팀의 시즌 마

"그동안 감사했습니다. 사랑합니다."

지막 경기에서 관중석을 가득 채워주신 팬들을 향한 미안함과 감사함으로, 한편으로는 선수 생활의 마지막을 맞이하는 아쉬움과 마지막 순간까지도 이렇게 많은 응원과 격려를 받을 수 있다는 사실에 대한 감격으로 가슴이 요동쳤다. 그날 경기가 끝난 뒤에도 수백 명의 팬들이 사직야구장 앞에 남아 새벽까지 나의 이름을 외치고 응원가를 불러주셨다는 이야기를 나중에 듣고는, 눈물이 터져 나오는 것을 주체할 수 없었을 정도였다.

그런 모든 감사한 마음을 담아서, 그날 떨리는 목소리 때문에 제대로 전달되지 못했을 은퇴사를 여기에 다시 적어 본다.

우선 오늘 이 자리에 참석해주신 모든 분들께 감사드립니다.

사실 오늘이 제가 3살 때 돌아가신 아버지의 기일이었습니다. 기일에 은퇴식을 한다는 게 감회가 새롭고 많이 슬픕니다.

더그아웃에서 보는 사직야구장 관중석만큼 멋진 풍경은 아마 없을 겁니다. 또 사직야구장 타석에서 들리는 부산 팬 여러분의 함성만큼 든든하고 힘이 나는 소리도 아마 세상에 없을 겁니다.

그래서 20년 동안이나 사직야구장 더그아웃과 타석에서 늘 그 모습을 보고 그 함성을 들었던 저 이대호만큼 행복했던 사람은 세상에 아무도 없을 것입니다.

사실 저는 늘 부족한 선수였습니다. 지금도 가끔 눈을 감으면 제가 했던 실수들 그리고 제가 날려버린 기회들이 떠올라서 잠을 설치기도 합니다. 하지만 팬 여러분은 제가 했던 두 번의 실수보다 제가 때려낸 한 번의 홈런을 기억해 주시고 또 제가 타석에 설 때마다 이번에는 꼭 해낼 것이라고 믿고 응원해주셨습니다.

그래서 그 순간만큼은 제가 실수했던 기억들은 모두 잊고 잘했던 순간들만 떠올리며 자신 있게 배트를 휘두를 수 있었습니다. 그건 모두 팬 여러분께서 보내주셨던 절대적인 응원 덕분이었습니다. 다시 한번 감사드리고 또 늘 감사한 마음으로 뛰어왔다는 말씀을 드리고 싶습니다.

하지만 그런 절대적인 믿음과 응원을 보내주신 21년 동안 결국 팬 여러분이 꿈꾸고 저도 꿈꾸고 바랐던 우승을 저는 결국 이루어내지 못했습니다. 돌아보면 너무 아쉬운 순간, 안타까운 일들이 많았지만 생각해보면 팀의 중심에서 선수들을 이끌어 가야 했던 제가 가장 부족했습니다. 후배들이 흔들릴 때 더 강하게 잡아주지 못했던 일, 너무 흥분할 때 더 편안하게 진정시켜주지 못했던 일 그리고 모든 동료 선수들이 기대하는 순간에 해결하지 못했던 일. 이 순간 그런 일들이 떠올라 마음이 무겁습니다. 하지만 우리 롯데 자이언츠는 기회만 주어지고 경험만 쌓인다면 저보다 몇 배 뛰어난 활약을 할 수 있는 젊은 후배들이 많이 있습니다.

팬 여러분이 변치 않는 믿음과 응원을 보내주신다면 그리고 제가 그랬듯이 남아 있는 동료들과 후배 선수들 역시 팬 여러분과 한 마음이 되어 절대 포기하지 않고, 어떤 순간이든 1점만 더 내고 1점만 더 막아내면서 용감하게 앞으로 나아간다면 분명히 롯데 자이언츠 3번째 우승은 멀지 않을 것이라고 믿습니다.

늘 저희 선수들을 지원하고 밀어주시는 롯데그룹과 롯데 자이언츠 관계자 여러분께도 그동안 감사했다는 말씀을 드립니다. 앞으로 더 과감하게 지원해주시고 특히 성장하고 있는 후배 선수들이 팀을 떠나지 않고 성장해나갈 수 있도록 잘 보살펴주시기 바랍니다. 그래서 시간이 갈수록 점점 더 강해지는 롯데 자이언츠로 만들어달라는 부탁을 드립니다. 그리고 저에게 푸른 유니폼의 자부심을 가르쳐 주셨던 고 최동원 선배님, 악바리 근성과 끈기를 가르쳐주셨던 박정태, 조성환 선배님, 조선의 4번 타자로 커나갈 수 있게 기회와 용기를 넣어주셨던 우용득, 양상문, 강병철 감독님께 감사의 인사를 드립니다. 그리고 노 피어No Fear 정신을 심어주신 제리 로이스터 감독님과 가족 같은 분위기, 형님 같은 리더십을 보여주신 조원우, 허문회 감독님께도 감사 인사를 전합니다.

또 제가 야구 선수가 될 수 있도록 이끌어준 친구 신수, 함께 고생하고 힘들었던 우민이, 준석이 고맙다. 그리고 힘들게 땀 흘리다 다른 팀으로 간 내 동생 민호, 악바리 아섭이, 오늘까지도 함께한 내 생애 마지막 캡틴 전준우, 이 순간에도 울면서 듣고 있을 정훈,

그 외 많은 동료와 선배 후배에게 감사하고 고마웠습니다.

마지막으로 남들처럼 여름방학에 해운대 해수욕장에도 데리고 가지 못하는 못난 아빠를 위해 늘 웃는 얼굴로 힘내라고 말해주는 예서와 예승이, 독박 육아도 모자라 1년에 절반도 함께하지 못하는 남편을 위해 너무 많은 희생을 했던 사랑하는 아내 혜정아 고맙다.

그리고 하늘에 계시는 사랑하는 할머니, 늘 걱정하셨던 손자 대호가 이렇게 많은 사람들 앞에서 사랑을 받고 박수를 받으면서 떠나는 선수가 됐습니다. 오늘 제일 많이 생각이 나고 보고 싶습니다.

저는 이제 배트와 글러브 대신 맥주와 치킨을 들고 예서와 예승이를 데리고 야구장으로 오겠습니다. 롯데 선수였던 이대호는 내일부터 롯데 팬 이대호가 되겠습니다. 여러분께서 '조선의 4번 타자'로 불러 주셨던 롯데의 이대호, 이제 타석에서 관중석으로 이동하겠습니다. 오늘 이 자리를 마련해주신 롯데 관계자 및 팬 여러분, 다시 한번 감사드립니다.

마지막으로 신동빈 회장님, 그동안 감사했습니다. 사랑합니다.

은퇴 시즌인 2022년에 지명타자 부문 골든글러브를 수상하며
영광스러운 은퇴를 맞다.

평범하지만 자유롭게

나는 어릴 적 할머니의 보호 아래 형과 함께 자랐다. 할머니는 우리 형제를 위해 무척 헌신하셨지만, 부모님과 같을 수는 없었다. 이미 너무 연로하셨고, 연약하셨다. 나와 형은 할머니가 시장에서 고생하시는 모습을 늘 보았기 때문에 다른 집 아이들처럼 마음껏 응석을 부려보지도 못했다. 힘든 일이 있을 때 기댈 수 있고 좋은 일이 있을 때 함께 기뻐할 수 있는 가족이 많지 않았던 나의 어린 시절은 꽤 외롭고 힘겨웠다. 그래서 더더욱 가족은 나에게 특별하다.

이제 자라서 두 아이의 아빠가 된 지금도 내 마음속에서 가장 큰 비중을 차지하는 존재는 가족이다. 내 가족들에게 늘 든든하게 기댈 언덕이 되어주고 싶다는 생각과 가족들이 외롭지 않게 해주고 싶다는 생각은 내 삶을 움직이는 가장 근본적인 동력이다.

야구장에도 '롯데 자이언츠'의 선수와 팬이라는 이름의 가족이 있었고, 그들과 함께했던 지난 20여 년은 더 할 수 없이 행복했다. 하지만 그동안 아내와 아이들의 곁을 늘 비워두고 있었다는 미안함, 그럼에도 한마디 불평이나 힘든 기색을 보이지 않은 아내와 아이들에 대한 고마움이 내 마음 한편에 늘 자리한다.

해마다 내가 시즌을 끝내는 10월 하순쯤마다 우리 가족이 늘 치르는 연례행사가 있다. 아내가 심한 몸살을 앓거나, 병원 신세를 지는 일이다. 내가 시즌을 치르는 동안에는 아프다는 말을 하지 못하고 참거나, 아프지 말아야 한다는 마음에 잔뜩 긴장했던 몸이 한 번에 풀리면서 아픈 게 아닌가 싶다. 이 일이 해마다 반복되면서, 나는 은퇴 후 이 신세를 모두 갚아야겠다는 마음을 늘 다지곤 했다.

아이들도 친구들이 저마다 엄마 아빠와 함께 해수욕장에 놀러 간다고 자랑하는 여름이면, "왜 우리는 해수욕장에 안 가느냐"라고 묻곤 했다. 부산에는 좋은 해수욕장이 많아서 하루만 시간을 내면 바닷가에서 물놀이를 마음껏 즐길 수 있다. 하지만 여름은 프로야구 리그에서 가장 치열한 순위 싸움이 벌어지는 계절이고, 선수로서도 개인 기록을 한창 끌어올려야 하는 시기다. 더구나 혹시 하루쯤 시간이 난다고 해도 사람이 몰리는 해변에 야구 선수가 출몰하면

위험할 수 있기에 더욱 조심스럽다. 사고 가능성을 피하고 오직 야구장에서 가진 힘을 다 쏟는 것이 시즌 중에 선수가 해야 할 의무이기 때문이다.

간혹 아이가 다니는 유치원에서 체육대회가 월요일에 열리면 참석해서 선생님이나 다른 학부모님들과 인사를 나누고 학부모 계주 주자로 나서 보기보다 날쌘 몸놀림을 선보이며 박수를 받기도 했다. 그래도 아이들에게 더 자주 좋은 추억을 만들어주지 못했다는 것은 늘 아빠로서 미안한 일이다.

그나마 선수 생활을 내려놓는 지금 내 나이가 마흔이고 초등학교와 유치원에 다니고 있는 두 아이들도 아직은 아빠와 함께 시간을 보내고 싶어 한다는 점이 다행스럽다. 늦었지만 아이들이 아빠를 필요로 하는 시절을 완전히 놓치지는 않았다는 안도감이다.

앞으로 내가 어떤 일을 하게 될지는 정확히 모르겠다. 구체적인 계획도 세워보지 못했다. 언제가 됐든 내가 야구와 관계없는 곳으로 벗어날 일은 없을 테고, 또 언젠가는 야구장으로 돌아올 테지만, 당장은 무엇인가 결정하는 스트레스도 좀 접어두고 싶다.

하지만 확실히 정해놓은 것도 몇 가지 있긴 하다. 나는 주말이면 사직야구장 관중석에서 치킨을 안주 삼아 맥주를 마시며 기분 내키는 대로 응원과 야유를 퍼부을 것이며, 여름이면 아내 그리고 두 아이와 함께 수영복을 입고 해운대와 광안리 해변을 누빌 것이다. '롯

은퇴 경기에 함께한 사랑하는 아내 그리고 두 아이들

데의 이대호'면서 '조선의 4번 타자'였던 전직 야구 선수 이대호가, 2022년 가을부터 한 여자의 남편이자 두 아이의 아빠면서, 부산의 덩치 크고 목소리 큰 극성 야구팬인 인간 이대호로서의 인생을, 이제 다시 시작하려고 한다. 도전은, 아직 끝나지 않았다.

부록

⟨1⟩ 연도별 리그 성적(한국, 일본, 미국 순)

(1) KBO리그(2001~2011년 / 2017~2022년)

연도	경기	타수	득점	안타	홈런	타점	타율	출루율	장타율	OPS
2001	6	8	0	4	0	1	0.500	0.556	0.500	1.056
2002	74	255	27	71	8	32	0.278	0.345	0.447	0.792
2003	54	152	8	37	4	13	0.243	0.328	0.362	0.689
2004	132	444	52	110	20	68	0.248	0.331	0.441	0.772
2005	126	447	53	119	21	80	0.266	0.353	0.452	0.806
2006	122	443	71	149	26	88	0.336	0.409	0.571	0.980
2007	121	415	79	139	29	87	0.335	0.453	0.600	1.053
2008	122	435	73	131	18	94	0.301	0.400	0.478	0.878
2009	133	478	73	140	28	100	0.293	0.377	0.531	0.978
2010	127	478	99	174	44	133	0.364	0.444	0.667	1.111
2011	133	493	76	176	27	113	0.357	0.433	0.578	1.011
2017	142	540	73	173	34	111	0.320	0.391	0.533	0.924
2018	144	543	81	181	37	125	0.333	0.394	0.595	0.987
2019	135	485	48	138	16	88	0.285	0.355	0.435	0.790
2020	144	542	67	158	20	110	0.292	0.354	0.452	0.806
2021	114	420	39	120	19	81	0.286	0.342	0.448	0.790
2022	142	540	53	179	23	101	0.331	0.379	0.502	0.881
통산	1971	7118	972	2199	374	1425	0.309	0.385	0.515	0.900

(2) NPB(일본 프로야구/2012~2013 오릭스 버팔로스, 2014~2015 소프트뱅크 호크스)

연도	경기	타수	득점	안타	홈런	타점	타율	출루율	장타율	OPS
2012	144	525	54	150	24	91	0.286	0.368	0.478	0.846
2013	141	521	60	158	24	81	0.303	0.385	0.493	0.878
2014	144	566	60	170	19	68	0.300	0.362	0.454	0.816
2015	141	510	68	144	31	98	0.282	0.368	0.524	0.892
통산	570	2122	242	622	98	348	0.293	0.370	0.486	0.857

(3) MLB(미국 프로야구/2016 시애틀 매리너스)

연도	경기	타수	득점	안타	홈런	타점	타율	출루율	장타율	OPS
2016	104	292	33	74	14	49	0.253	0.312	0.428	0.740

〈2〉 주요 국제대회 성적(2008 베이징 본선~2017 WBC)

(1) 2008 베이징 올림픽

경기	타수	안타	홈런	타점	타율
9	25	9	3	10	0.360

(2) 2009 월드 베이스볼 클래식(WBC)

경기	타수	안타	홈런	타점	타율
9	18	5	0	5	0.278

(3) 2010 광저우 아시안게임

경기	타수	안타	홈런	타점	타율
5	19	7	1	6	0.368

(4) 2013 월드 베이스볼 클래식(WBC)

경기	타수	안타	홈런	타점	타율
3	11	5	0	2	0.455

(5) 2015 WBSC 프리미어12

경기	타수	안타	홈런	타점	타율
8	27	6	1	7	0.222

(8) 2017 월드베이스볼클래식(WBC)

경기	타수	안타	홈런	타점	타율
3	11	2	0	1	0.182

⟨3⟩ 진기록 혹은 대기록

(1) 프로 통산 11개의 도루 일지

순서	일자	상대
1호	2002년 6월 12일	삼성 라이온즈
2호	2004년 4월 4일	삼성 라이온즈
3호	2004년 5월 29일	SK와이번스
4호	2004년 6월 10일	한화 이글스
5호	2004년 6월 25일	삼성 라이온즈
6호	2005년 9월 10일	SK와이번스
7호	2007년 4월 29일	두산 베어스
8호	2011년 4월 28일	LG 트윈스
9호	2011년 10월 4일	한화 이글스
10호	2017년 8월 9일	KT 위즈
11호	2020년 9월 30일	LG 트윈스

(2) 프로 통산 6개의 3루타 일지

순서	일자	상대
1호	2005년 4월 12일	한화 이글스
2호	2005년 9월 1일	삼성 라이온즈
3호	2007년 5월 31일	한화 이글스
4호	2009년 6월 30일	LG 트윈스
5호	2011년 8월 14일	LG 트윈스
6호	2019년 7월 5일	키움 히어로즈

(3) 한국인 출신 프로야구 선수 통산 최다안타 TOP 3(리그 구분 X)

순위	이름	개수
1	장훈	3085개(일본)
2	이대호	2895개(한·미·일)
3	이승엽	2842개(한·일)

(4) 은퇴경기 투수 등장 관련 KBO리그 홀드-홈런 보유자 명단

이름	홀드	홈런
권준헌	40홀드	17홈런
김대우	10홀드	7홈런
하준호	9홀드	14홈런
강지광	6홀드	1홈런
박준영	5홀드	12홈런
나균안	3홀드	5홈런
이대호	1홀드	374홈런

〈4〉 프로 데뷔 이후 주요 수상 내역

(1) 일본 시절 포함 주요 수상

연도	주요 내역
2005	올스타전 MVP(데뷔 이후 처음)
2006	골든글러브 1루수 부문 수상(데뷔 이후 첫 골든글러브)
2007	골든글러브 1루수 부문 수상(2년 연속 골든글러브 수상)
2008	올스타전 MVP 2008베이징 올림픽 금메달
2009	월드베이스볼클래식(WBC) 준우승
2010	KBO리그 정규시즌 MVP(타격 7관왕) 2010골든글러브 3루수 부문 수상
2011	골든글러브 1루수 부문 수상
2012	일본프로야구(NPB) BEST 9 선정(퍼시픽리그 1루수 부문)
2014	소프트뱅크 호크스 일본시리즈 우승
2015	소프트뱅크 호크스 일본시리즈 우승 및 시리즈 MVP 수상 2015일본프로야구(NPB) BEST 9 선정(퍼시픽리그 지명타자 부문)
2017	골든글러브 1루수 부문 수상
2018	골든글러브 지명타자 부문 수상
2022	골든글러브 지명타자 부문 수상
누적	골든글러브 수상 7회, KBO MVP 1회, NPB 재팬시리즈 MVP 1회

이대호, 도전은 끝나지 않았다

1판 1쇄 발행 2023년 4월 26일

발행인 박명곤 **CEO** 박지성 **CFO** 김영은
기획편집 채대광, 김준원, 박일귀, 이승미, 이은빈, 이지은, 성도원
디자인 구경표, 임지선
마케팅 임우열, 김은지, 이호, 최고은
펴낸곳 (주)현대지성
출판등록 제406-2014-000124호
전화 070-7791-2136 **팩스** 0303-3444-2136
주소 서울시 강서구 마곡중앙6로 40, 장흥빌딩 10층
홈페이지 www.hdjisung.com **이메일** main@hdjisung.com
표지사진 OSEN **본문사진** 연합뉴스, 롯데 자이언츠
제작처 영신사

"Inspiring Contents"
현대지성은 여러분의 의견 하나하나를 소중히 받고 있습니다.
원고 투고, 오탈자 제보, 제휴 제안은 main@hdjisung.com으로 보내 주세요.

현대지성 홈페이지